宰相補佐と黒騎士の
契約結婚と
離婚とその後
～辺境の地で二人は夫婦をやり直す～
2
高杉なつる
illustration
赤酢キヱシ

「入りますよ、お茶を飲みませんか？
お手紙も届いています」
「あ、ああ。ありがとう」
王都から辺境の地へ出向する
宰相補佐
ヨシュア・リーウェル

「こっちに来てから手紙が増えたな」
リィナ
ヨシュアの妻にして元女黒騎士

「どうして!? 竜は危険な生き物だって言ったよね、人を襲うよね!」
竜に殺された祖父の仇討ちを願う少女
ノラ
「ヨシュア、お手紙で何度もお願いしていたけれど……あの子と離縁してわたくしと結婚してちょうだい。良いでしょう?」
ヨシュアの元婚約者
フローレンス・ウーリー

「騎士学校でも騎士団でも先輩ですから。ダメでしょうか」

「……人の妻と見つめ合うのは、止めていただきたい」

「…………いや、いい。では俺は後輩と呼ぶことにする、おまえを呼び捨てにすると後が怖そうだからな」

リィナの先輩黒騎士
ウォーレン・アッシャー

「私たちは夫婦をやり直し始めたばかり、
いわば新婚だ」

「……新婚？」

「そうだとも、新婚だ。

私が新婚だというのだから、新婚なんだよ」

「あの、ヨシュア」

「体が冷えてしまう。寝台へ行こう」

CONTENTS

宰相補佐と黒騎士の契約結婚と離婚とその後 2

~辺境の地で二人は夫婦をやり直す~

saishohosa to kurokishi no
keiyakukekkon to rikon to sonogo.
-henkyo no chi de
futari ha fufu wo yarinaosu-

高杉なつる

illustration
赤酢キヱシ

序章

鼓膜が破られそうなほど甲高い竜の咆哮《ほうこう》が響いた。耳の音を聞く機能が著しく低くなり、目の前の景色がぐるぐると回る。

魔獣地区と認定され多くの魔獣と竜が生息する場所は世界中に数多くあるが、ここ〝深淵《しんえん》の森〟はメルト王国の中でその広さが最大級になる魔獣地区。〝蒼《あお》の大砂海〟と〝紅霞《こうか》の大渓谷〟と合わせて三大魔獣地区に指定されている場所だ。

「翼を狙え！　飛ばせるなっ」

森を抜ける手前で元々木が少なくなっていた場所だったこともあって、戦闘と竜が暴れた衝撃で木々が薙《な》ぎ倒されて戦場はちょっとした開けた場所となっている。

戦場の中心では、鳥のような羽毛を持った白と緑が交じる竜が咆《ほ》えて暴れていた。

「ウォーレン、無理するな！　下がれ‼」

「……っ」

屈辱だ、屈辱だ、屈辱だ。

この俺が、現役の黒騎士の中にいて竜の討伐数上位十人の中に必ず名を連ねていたこの俺が、このウォーレン・アッシャーが他の騎士に庇《かば》われ、後れを取るなんて！

そもそも、本来の俺ならば竜の咆哮ごときで耳をやられるなんてあり得ない。そんなもの、そよ風が吹いた程度のなんの障害にもならない……はずなのに。

「奴《やつ》が飛ぶぞ!!」

「拘束しろっ！」

竜は四枚の翼を広げ、羽ばたかせる。大きな風が起こり、周囲の木が騒《ざわ》めき、折れた枝や大量の木の葉と砂が宙を舞った。このままでは、空に上がる！

魔力が大きく展開、構築される感覚があり、薄曇りの空に浮かんだのは黄色の魔法陣。三つ並んだ陣からはキラキラと輝く魔力で作られた巨大な鎖が無数に落とされ、飛び立とうとしていた竜に絡まり、押しつぶすかのように地面へと縫い付けた。

古代魔法による拘束を解くことができる竜などいない。地面に縫い付けられた竜は尻尾を振り回し、翼を羽ばたかせて暴れ、悲鳴のような鳴き声をあげる。

「いいぞ、コーディ！　よし、拘束魔法が竜を捕らえている間に片を付けるぞ！」

「ウォーレン、行けるか？」

同じ討伐任務に就いていた仲間から声を掛けられて、俺は「ああ」と返事をした。

ああ、行けるとも。俺はメルト王国黒騎士団所属の黒騎士なんだぞ、竜を狩る者だ。この俺が、こんななんでもない任務で後れを取るなんて、絶対にない！

手にした剣を握り直す。だがこの剣はもっと軽く、もっと鋭く、もっと輝いていた。竜の固い鱗《うろこ》を剝ぎ、肉を切り裂いた。鋭い竜の爪だって弾《はじ》くことができた。

身に纏《まと》う鎧《よろい》もそうだ。もっと軽く、もっと硬く、もっと輝いていた。竜の吐く炎や雷のブレスを防ぎ、爪や牙の攻撃も通すことはなかった。

それなのに……今の俺はどうだ？

剣は重く曇った光しか発せず、切れ味も悪い。鎧は重く、竜の攻撃がかすっただけで、手甲や肩当てが凹んだ。当然、その衝撃が体にまで響いている。

「ウォーレン、右から回り込め！」

「……あ、ああ！」

コーディ・マクミランの声に慌てて応え、俺は魔力の鎖で拘束された竜の右側から側面へ回り込む。

この竜は腹部側面が柔らかく、攻撃が最も通りやすかったはずだ。

剣に魔力を纏わせれば、刀身が薄赤色に輝き出す。それを確認し、一気に距離を詰めようとした瞬間、俺の右後ろにあった茂みから黒いなにかが飛び出して来た。

「!?」

「うわあああああああっ！」

叫び声をあげた黒いなにかは、華奢《きゃしゃ》な体の子どもに見えた。

汚れた皮鎧装備一式を身に着け、手には古ぼけた両手剣が握られている。子どもは全くためらう様子もなく、大きく剣を振りかぶりながら竜へと突撃して行く。大声を上げたせいで竜に己の位置を知らせてしまい、すぐに太く棘《とげ》の生えた尻尾が振り下ろされる。

「やめろっ馬鹿！」

咄嗟《とっさ》に子どもの腕を掴《つか》み、引き寄せる。竜の尻尾は子どもの目の前に振り下ろされ、地面が抉《えぐ》れて土と石が周囲に飛び散った。小石が雨のように降り注ぎ、立ち上がった砂煙で視界が悪くなる。

「このっ爬虫類《はちゅうるい》が！」

子どもは俺の手を振り払い、さらに竜へ突進しようとする。

なんなんだ、この子どもは⁉　どこから入り込んで来たんだ⁉

「やめろっ！」

「うるさい、離せ！」

子どもは竜を睨《にら》みつけるのと同じ目で俺を睨みつけてくる。髪も顔も全身が真っ黒に汚れていて、どんな顔をしているのかなんて分からない。ただ、栗色《くりいろ》の瞳がとても力強く、印象的だ。

「ウォーレン‼」

名を呼ばれた、次の瞬間には迫って来る白く大きな竜の尻尾と、自由に出し入れできる鋭い棘が迫って来ていた。

咄嗟に子どもを庇い抱きかかえると、すぐに体が真横に吹き飛ばされる。

魔力でできた防御結界が割れる音、鎧がひしゃげる音、体の中から骨が折れて肉が千切れる音が聞こえる。そして、地面に叩《たた》きつけられて転がり、一瞬の浮遊感を得てから落下した。

腕の中にいる子どもが悲鳴をあげたが、なす術《すべ》もなくそのまま崖下を流れている川の中に落ちる。

ドブンッという音が聞こえ、口や鼻から容赦なく冷たい水が浸入して……俺はそのまま意識をなくした。

ああ、なんてザマだ。この俺が、ウォーレン・アッシャーが……こんなにも無様に負けるなんて。

こんな情けない立場に立たされるなんて。これも全て、あの女のせい……いや、違う。

あの女がきっかけではあった……そう、あの女、あの女が騎士団を去ってから……俺を含めた一部の騎士たちの全てが変わったのだ。

一章　辺境の地の夫婦と妹夫婦と疫病の地

メルト王国歴786年

メルト王国の東部地域は一年を通して温暖な地域であり、東部辺境伯家を頂点に各領主は領地にて農業を主産業にして、酪農や畜産も行っている。小麦や大麦、野菜と果物など農作物の一大産地として、王国に暮らす人たちの食糧事情を支えている地域だ。

東部を取り纏《まと》める辺境伯は武勇で名高いカールトン家。辺境伯家直属である東方騎士団は、男女比率がほぼ半々という少し変わった騎士団であり、防衛と治癒に秀でている。魔獣や竜が多く生息している魔獣地区を複数抱えているため、防衛と治癒に特化したのはごく自然なことだったと思われた。

そして東方騎士団が拠点とし、辺境伯の暮らす城館のあるカールトン領の領都は城塞《じょうさい》と呼ぶのに相応《ふさわ》しい厳つい造りになっている。街全体が水で満たされた深い水堀に囲まれ、更に内部は三重の城壁と二重の水堀が回っている。有事の際は一番内側の城壁内に数か月籠城することも想定されているという。

王都付近、一般的に中央と呼ばれる地域とは、同じ国内でありながら生活様式や文化も違いがあり素直に驚かされるばかりだ。

「すまないな、ヨシュア」

背後から声を掛けられて振り返れば、そこには現在私の上司である人間がいた。東部辺境伯ビアトリクス・カールトン女伯爵。

着飾った者が大勢いるパーティー会場の中にあって、ひときわ目を引く存在感の持ち主だ。光沢のある青色のデイドレス、長い黒髪は結い上げられ国内でも珍しい黄金真珠を使った髪飾りが揺れている。

「なにか謝罪を受けるようなことがありましたでしょうか？」

「なに、細君を我が子らが奪ってしまっているからな」

「本日の主役でいらっしゃるのですから、仕方がありません」

今日は次期東部辺境伯の長子アレクシス・カールトン令息のお披露目会だ。

十八歳で成人とされる我が国ではその半分の年齢、九歳の誕生日月に準成人としてのお披露目会が開かれる。

この会が終われば純然たる子ども時代は終わり、準成人として成人に向かって本格的な教育や準備が始まるのだ。家庭教師も本腰を入れて授業を始め、十二歳で入学する貴族学院の選別も、婚約者の選別も始まる。

リィナは今日の主役であるアレクシス様と、その二歳下の妹セシリー嬢と楽そうに話をしていた。会話が途切れる様子はないし、笑顔がずっと浮かんでいる。

辺境伯家の者は男女に関係なく、剣や槍《やり》などといった戦う術と魔法を教え込まれると聞いた。きっと、彼らは竜を狩る黒騎士であったリィナに興味があるのだろう。

「……なにか？」

執拗《しつよう》な視線を向けてくる辺境伯閣下に声を掛ければ、フフッと笑われた。

「いや、なに……事前に聞いていた話とは随分と様子が違うのでな」

「様子が違う、とは？」

「細君とはもっと浅い関係というか、素っ気ない関係の夫婦なのだと思っていた。他人から聞いた話や、報告書も当てにはならんものだな。あのような独占欲丸出しのドレスや装飾品を身に着けさせるような男だとは思っていなかった」

同色グラデーションのレースが美しい臙脂《えんじ》色のデイドレス、ポイントになる刺繍《ししゅう》とビーズは深い緑色。当然身に着けている首飾りや髪飾りは翠《すい》玉製。私の色だ。

「……以前の私たちならば、他人からの話も報告書もあながち間違ってはいなかったでしょう」

辺境伯と呼ばれる者は辺境地域に暮らす貴族を纏める領主だが、同時に〝深淵《しんえん》の森〟などの魔獣地区から溢《あふ》れてくる魔獣を青騎士と呼ばれる王国騎士団と共に討伐し、隣国との国境を防衛するための私設騎士団を纏めている。国を守る要と呼べる立場にいる者だ。

だから中央から派遣されてくる私と妻であるリィナのことを調べることは当然で、調べたことと目の前にある現実との乖離《かいり》が大きくて気になった様子だった。

「ほぉ！　では、親密な夫婦関係に変わったのか」

「……変わっている最中、でしょうか」

「おお、それはいいことだ。夫婦は仲がいいのがいい、お互いのためにも子どものためにも」

当代の東部辺境伯の年齢は確か二八歳、夫であるレナード卿《きょう》との間に三人子どもがいる。だが子どもが三人もいるように見えない若々しさがあり、自身も剣を持って戦うためか、所作も口調も近衛である白騎士を連想させる女性だ。

「細君にはまた改めて城へ来てほしい。竜狩りと竜について、実際に経験した話を息子と娘にしてほしいのだ。魔獣地区を領内に抱えている以上、この地で暮らしていくことは魔獣や竜と共に暮らすことでもあるのでな」

「承知しました」

辺境伯閣下は話に花が咲く彼らの元へ歩を進め、そして何かを思い立ったように立ち止まって振り返る。

「そうだ、先に話しておこう」

「？」

手にしていた扇をひらひらと動かし、辺境伯閣下は声を少し落とす。

「我がカールトン領と隣接している領内で、原因不明の疫病が発生したようだ。今のところ、領内にある小さな村の中だけで留めているようだが、どうやら感染する病気らしい」

「どこですか、その場所は？」

「……アストン伯爵領、ライベリー村だ」

領地の名前を聞いて、息が詰まった。

「伯爵家族は領都にお暮らしだから罹患《りかん》していない。病は村の内で留めるし、最低でも領の外に病気を出すつもりはないが、こちらからの接触には気を付けてほしいと連絡があった。アストン領内では以前にも……確か二十年ちょっと前にも謎の疫病が発生していたはずだ。原因を究明するために調査をした方がいいかもしれない、そう考えている」

アストン伯爵領の主産業は東部地域らしく農業、その中でも果樹産業だった。二十数年前の疫病以前は果樹栽培が盛んで〝果実といえばアストン産〟と呼ばれるほどだったが、今は染色素材となる植物の実や葉の栽培に変わっていたはずだ。

疫病で多くの領民を亡くし、疫病を恐れた領民が他領へ流出したせいでメルト王国の中でも領民の人数が少なく、領地運営に苦労している領の一つだ。

その領地は、愚妹の嫁ぎ先。義弟と愚妹、そしてまだ幼い甥《おい》が暮らす土地だ。疫病に罹患《りかん》はしていないらしいが、それでも一抹の不安を覚える。

病は、人の命を容易《たやす》く奪っていくものだ。私の父がそうであったように。

「承知しました」

私の肩を軽く叩《たた》くと、今度こそ辺境伯閣下は夫と共に子どもたちの元へと向かう。私は数歩遅れてゆっくりと彼らの後ろを追いかける、と、本日の主役がリィナの手を取りキスをしている姿が目に飛び込んで来た。

「リィナ卿、本日はありがとうございました」

「ありがとうございました」

「アレクシス様、セシリー様、こちらこそ楽しい時間をありがとうございました」

昼間に開かれるお披露目会とはいっても公式の場、リィナは杖《つえ》を持っていない。足に不安を抱えるリィナの隣に並び体を支えれば、彼女は私に体を預けてくれる。腕をとり、腰を支えるのも慣れたものだ。

それを見た本日の主役は口をわずかに尖《とが》らせる。どうやらご令息はリィナをお気に召してしまったようで、私の存在が気に入らないらしい。

だが、どうにもなるまい。私とリィナは夫婦として国に認められた関係である。準成人を迎えたばかりの子どもにどうにかできるような関係ではないのだ。

自分の腕の中にリィナが戻ってきたことで、自然に笑みが浮かぶ。

「……っ。リィナ卿、ぜひまたいらしてください。お話をたくさん聞かせていただきたいです」

「私にお話できることでよろしければ」

「リィナ卿は、こちらの殿方とご結婚されているの？」

明るい薄紫色の愛らしいデイドレスを身に纏ったセシリー嬢は、リィナと私を交互に見比べて言った。そうだと答えれば、満面の笑みを浮かべる。

「お二人はなかよしでステキね！」

まだ幼い少女から贈られた純粋な言葉に、リィナも私も笑みが浮かぶ。それを聞いていた周囲の大人も、子息の婚約者候補だろう令嬢や側近候補だろう令息も笑みを浮かべる。

本日の主役だけは、不貞腐《ふてくさ》れた顔を隠しきれず……父親から小さく背中を押され窘《たしな》められていた。

＊＊＊

「もう、子ども相手に妙な顔をするのは止めてください」

菓子が種類豊富に並べられたテーブル付近で、年齢の近いご令嬢やご令息と和気あいあいと話をしているカールトン家の兄妹を見つめてから、リィナは私に対してそう言った。不満そうだ。

「妙な顔、とはなんだ？」

「九歳になったばかりの子どもに、勝ち誇ったような顔をしていたではないですか。大人げないですよ、ヨシュア」

「それは、まあ、仕方のないことだ」

「なんですか、それは？」

年上女性へ少年が淡い想いを抱くことは多い。だが、その想いをはき違えたり拗《こじ》らせたりしてはいけないし、年上女性への想いは実らないものと決まっている。

大人への道は思い通りにならないことが連続する険しいもの、それを教えただけだ。彼はこうして大人への第一歩を踏み出すのだ。

「なんでもない。さて、あちらで我々も茶を貰《もら》おうか」

令息の婚約者候補であるご令嬢、将来の側近候補であるご令息の親ならば、このお披露目会の場は戦場に近いものがあるだろう。だが、そうではない私たち夫婦にとっては祝いの場でしかない。本日の主役とその家族に挨拶が済めば、気楽なものだ。

美しく整えられた庭に面した席に着き、果物が浮かんだ温かな茶と焼き菓子を貰う。リィナは果物の入った紅茶が気に入ったようで、侍女に作り方を聞いていた。そのうち、家でお茶の時間に提供されることだろう。

期の変わる九の月に王都から東部辺境へやって来て三か月。

季節は冬を迎え、年間を通じて穏やかな気候であるこの地が最も厳しいが静かな季節に入る。

東部辺境にはメルト王国にある三大魔獣地区のひとつ、〝深淵の森〟がある。その森に暮らす魔獣や竜も、秋の活動を終えて冬眠に入る種類や静かに過ごす種類が多いらしく、冬は静かなのだという。

今年は全体的に見れば気候に恵まれ、ほとんどの領地は豊作だ。一部地域で土砂崩れや虫の被害があったが概《おおむ》ね平年並みかそれを上回っている。それもあってか、我々と同じようにテーブルで茶と菓子を楽しむ参加者たちは皆穏やかに笑っていた。

私たち夫婦も彼らとおなじように、穏やかにこの土地で迎える最初の冬を過ごすのだろう。

「アストン伯爵はこの会にいらしていないのですか？」

ティーカップをソーサーに戻しながら、リィナは小首を傾《かし》げた。愚妹マーゴットの嫁ぎ先、アストン伯爵家は東部辺境の貴族で、辺境伯家とは遠縁にあたる。長男のお披露目会には参加するのが当然の家だ。

「城館に来てはいる。カールトン家の末っ子と甥は年が一歳しか違わないから、遊び相手兼学友としての顔合わせが別の部屋で行われているんだ。そちらに行っているから、顔合わせが終わったらこちらに来るだろう」

「なるほど」

「明日、領地に帰る前に会いたいと連絡を貰っているよ。明日になればあちらからやって来るさ、会いたい理由は……分からないけれどな」

明日の昼前に我が家を訪問したい、そう事前に手紙で連絡を貰っている。

文面からはなにやら相談したいことがあるような印象を受けたのだが、パトリックが私に相談したいことと言えば……長年にわたる風評被害における領地経営の立て直し、くらいしか思い浮かばない。

「理由はとにかく、お会いできるのは嬉《うれ》しいことですね」

リィナは純粋に顔を合わせることが嬉しいと言って、艶々とした果物のジャムがのったクッキーを口に運ぶ。

クッキーの甘さに頬を緩ませる笑顔は、作られたものではない自然なもので……私の胸に安堵《あんど》とときめきを運んでくる。私はこの笑顔を見るのが好きだ。

釣られるように笑みが浮かび、「とっても美味《おい》しいです」とリィナが薦めてくるクッキーを摘まんでいると……射抜くような視線を感じた。私だけを射抜く、強い視線だ。

「……」

向けられた視線の方へ目を向けてみれば、菓子が並ぶテーブルの近くにある本日の主役と、その婚約者候補の令嬢たちと側近候補の令息たちがいる大きな丸テーブル。年齢の近い子どもたちが十人近く集まり、楽しげにお喋《しゃべ》りとお菓子を楽しんでいる……はずだ。

「ヨシュア？　どうかしましたか？」

「いや、なんでもない」

「？　こちらの木の実がたっぷり入った花蜜のケーキを召し上がりますか？　ヨシュア、花蜜が好きでしょう」

「……ああ、貰おうか」

体をリィナに寄せて口を開ければ、「子どものようですよ？」と笑いながらもフォークでひと口大に切り分けたケーキが口に運ばれてくる。

花蜜で甘くしっとりとした食感の生地、カリッと香ばしい木の実の風味が口の中に広がった。甘い物はどれも好きだが、花蜜の味は今一番好ましいと感じる甘味だ。

「もうひと口、召し上がりますか？」

「うん」

再度フォークに刺さったケーキが私の口に運ばれる……と、鋭い視線が私に突き刺さる。先ほどよりも鋭い視線だ。

「……」

視線の先に目をやれば、カールトン辺境伯家のご令息と視線がかち合った。その青色の瞳には嫉妬の色が強く浮かんでいる。

本日の主役があの様子では、周囲にいる令嬢や令息とまともな会話ができているとは思えないし、それではいけない。今日のお披露目会を開いた意味の幾つかが無駄になってしまう。

私はティーカップの紅茶を飲み干してソーサーに戻すと、立ち上がってリィナに手を差し出した。

「この城にある庭は見応えがあるらしい、亡国皇帝の名を持つ花が見頃だとか。足に問題がないようなら、少し散策しないか？」

令息の目のある所に私とリィナはいない方がいい、そう判断する。

次の辺境伯家のためにも、今日の会で令息は同世代の令嬢令息と良い関係を作らなくてはいけない。年上の女性に（しかも既婚だ）熱視線を送り、その夫に嫉妬している場合ではないのだ。

「はい」

差し出されたリィナの手を掬《すく》い、私たちは鋭い視線から逃れるように開かれた通路から庭園へと下りる。

冬の初めに咲くという亡国皇帝の名を持つ花は、紫に近い濃い赤色をして花弁が八重になっており大人の拳ほどもある大きな花だ。皇帝の妃となった他国の姫が持ち込んだ植物だとかいう話が残っているらしい。

リィナは手入れの行き届いた庭園と美しく豪華な花や黄色や赤色の小さな実を付けた木々を見ては喜び、庭園に造られた池に越冬のためやって来ている渡り鳥の番に目を輝かせた。

楽しそうに庭園を散策する美しく着飾ったリィナの姿に、私の心も躍る。

明日、愚妹夫婦がなにを言い出すのか、リィナに執着を見せる上司の息子の存在も含めて気になることは複数あるが……今は考えないでいよう。

冬の始まりである今の気温は肌寒く、時折吹く風は冷たかったが二人で寄り添えば寒さなど感じない。私たちは身を寄せ合いながら、誰にも邪魔されることなく庭園を散策したのだった。

＊　■　＊

「先ほどアストン伯爵様と伯爵夫人がお越しになりました。応接室にご案内してございます」

お披露目会から一夜明けて、約束していたお昼前にアストン伯爵様が我が家にお見えになった。

家政婦のエイダさんの言葉に、私たちは顔を見合わせて立ち上がる。

「行こうか、リィナ」

「はい」

辺境の地で借りている家の応接室は小さめだ。薄茶色の絨毯《じゅうたん》に二人掛けのソファがふたつ向かい合うように置かれ、ソファの間にローテーブル。華美な調度品はなく、壁に掛けられた一枚の風景画と薄紫の花が生けてある花瓶があるだけ。

豪華で煌《きら》びやかなものを好む義妹のマーゴット様は、簡素な応接室にお怒りだろうか？　そんな想像をしながらヨシュアと共に部屋に入る。そこには暗い色合いの服を纏ったアストン伯爵様とマーゴット様の姿があった。

おふたりは私たちの姿を認めると急いで立ち、深く頭を下げる。

「……どうしたんだ、ふたりとも？」

ヨシュアの戸惑うような声が室内に響いた。彼が戸惑う気持ちはよく分かる、私だって驚いた。お二人の装いは、まるで喪に服しているかのように見えたから。

ヨシュアからパトリック・アストン伯爵は常に落ち着いた装いを好むと聞いていたけれど、マーゴット様までも大人しい装いなのだ。常に華やかな色やデザインのドレスを好み、豪華な宝飾品を愛して止まない彼女が、刺繍《ししゅう》もリボンもレースも最低限しかない濃い灰色のドレスを着ている。小さな耳飾りだけが旦那様であるアストン伯爵の色である青色だ。

エイダさんがお茶と菓子を配膳して退出し、応接室に四人きりになると伯爵様は頭を深く下げた。

「義兄上、申し訳ありませんでした」

「申し訳ありません」

頭を下げたままアストン伯爵様が言い、マーゴット様も謝罪の言葉を続けた。

「謝罪の前に説明してほしい。謝罪の理由が分からない」

ソファにヨシュアと腰を下ろし、ずっと頭を下げ続けているお二人にも座るように勧める。なかなかふたりが座ってくれなくて苦労したが、さっぱり理由が分からない以上は説明をしてもらわなくてはなにも分からないままだ。

「失礼しました、その、気がせいてしまいました。……本来ならばもっと早く謝罪に伺うべきでしたが遅くなり、それが気になって気になって。すみませんでした。王都のタウンハウスを手放されたと聞き、侯爵領に戻られたのかと思ったのです。ですが、領地に義兄上たちはいらっしゃいませんで、侯爵様にお伺いしたところ、カールトン辺境伯様の元に出向されたと」

ソファに座っても、伯爵様は頭を下げ続ける。

「あちこち振り回してしまったようで、すまなかったな。だが、謝罪の理由はなんだ？　私には身に覚えがないが」

「その……トミー・シャルダイン元事務官が起こした横領事件、義姉上が本来受け取る竜討伐に対する報奨金を彼が横領していた、という話は聞いておられますよね？」

トミー・シャルダインはヨシュアの母方の従弟《いとこ》で、黒騎士団事務局に在籍する事務官であった人だ。

彼は本来私に支払われるはずだった竜討伐の報奨金を横領して、マーゴット様宛にグランウェル侯爵家名義で送金していた。そのことについて、彼が監査官による聴取の中で理解できない理屈を述べて、自分の行いを正当化していた姿は私も直接見て、覚えている。

彼は現在ネビリス魔石鉱山で、魔石の採掘と研磨という刑についている。刑期が終わるのは数年先の話になるはずだ。

「その横領された金というのは、グランウェル侯爵家の名前でマーゴットに宛てて送金されてきていました」

「ああ、確かそんなことを言っていたな。最初にその話を聞いたときには、マーゴット、おまえがトミーに金を無心したのかと思った」

「わたくし、そんなことしていませんわ！　トミーとの連絡だって、結婚してからは一切しておりませんもの」

顔色を悪くしながらも、マーゴット様はヨシュアに訴えた。

「仕方がないだろう、おまえは私にそう思われても仕方のないことをした。それに、おまえが幼い頃からトミーを家来のように扱っていたことも知っている」

「…………それは、ごめんなさい。でも、本当にわたくしはトミーにお金など頼んでなどおりませんわ」

「分かっている。トミー自身が、マーゴットのために使われることが正しい金の使われ方だ、と頼まれていないが送金したと言っていたからな」

「その金なのですが、最初は侯爵家名義でしたので、純粋に義兄上が送金してくださったマーゴのための予算なのかと思いましたが……当の本人がおかしいと言うので手を付けず、毎月送られてくるままにしていました」

私がヨシュアから聞いたマーゴット様は、自分の思い通りにならないのが我慢できない、貴族の令嬢としては落第な方だった。華麗で高価なものがお好きな令嬢でもあったようだ。そんなマーゴット様が実家名義で送られて来たお金に手をつけなかった、そのことがヨシュアは信じられないらしく、ポカンとした表情をしている。

私がマーゴット様に視線を向けると、彼女は体を小さくし伯爵様の背中に少しだけ隠れた。

「だ、だって、おかしいと思ったのだもの」

「なにをだ？　おまえならすぐ金に飛びついて、侯爵家から送金されたのだから自分の金だと言って、ドレスやネックレスなんかを買い漁っただろうに」

「……だって、お兄様が理由もなく送金なんてするわけないでしょう。それに、リィナさんだってわたくしに送金する理由なんてない、初めて会ったときに酷《ひど》いこと言ったもの。お母様はご自分の予算を縮小されて、今は領地で静かにお暮らしだわ……侯爵家名義でわたくしにお金を送ってくれる人なんていないの。わたくし宛てに送金なんて、それ自体がおかしいわ」

マーゴット様はそう言って俯《うつむ》き、伯爵様の背中にさらに隠れてしまわれた。

なるほど、そう言われれば納得できる。

「叔父《おじ》上から、の可能性は考えなかったのか？」

「領地の叔父様とクリスは、わたくしたち家族の誕生日と新年に贈り物とお花を下さるだけよ。他には結婚のお祝いや出産のお祝い、特別なお祝い事のときだけ常識的な贈り物をくださるの」

言われてみればますます納得だ。ヨシュアはマーゴット様に送金などしないし、お義母様は送金できるお金が手持ちにない。叔父上様と現侯爵様はマーゴット様とは親戚として常識的なお付き合いをしている。ならば、そのお金は誰かが侯爵家の名前を借りて送ってきている謎のお金になる。

実際は、兄妹の従弟になるトミー・シャルダイン元事務官が勝手に送金していたわけだが。それが分からないアストン伯爵家にしたら、出所不明なあやしいお金でしかない。

「アストン伯爵家は、差出人不明の金を送りつけられていただけなのだろう？　だったら……」

「申し訳ありません。その金に、手を付けてしまいました！」

伯爵様は三度頭を深く下げた。

送金人不明、出所も不明であるお金を使った？　そんなあやしいお金を？

「は、はあ!?　何故、そんなことを？」

「申し訳ありません……どうにもならない事情がありまして使いました。送金されてきていた金の出所と事情が分かった時点で、全額を義姉上にお返ししなくてはならないことは承知していたのです。ですが、ですが……」

私は信じられない気持ちで伯爵様の金色の髪が流れる後頭部を見下ろす。

「どうにもならない事情がおありになった、のですよね？　その事情とは、どういったものだったのですか」

私が声を掛ければ、伯爵様はゆっくり顔を上げた。その目には薄く膜がはっている。今にも涙が零《こぼ》れそうだ。

「……疫病が、発生したのです」

「疫病？　流行病、ですか」

アストン伯爵は私の言葉に大きく頷《うなず》いた。

「領内にある小さな村、ライベリーという名前の本当に小さな村です。そこに暮らす数人の村人が病にかかりました。複数人が立て続けに発病して倒れ……どうやら人から人へ感染する病らしいのです」

聞くところによれば、ライベリー村の住人数人が病に倒れた。子どもたちとその家族が中心となって発病しており、現在彼らは纏めて療養用の家に隔離している。そのおかげなのか、幸いにして以後新たな感染者は出ていない。けれど万が一のことを考えて、村人が活動地域の外へ出ることも控えているため、食料や衣料品などの生活物資を配給している状態なのだそう。

しかしながら疫病の原因も、感染経路も、治療法も不明。永遠に今の状態を続けるわけにもいかず、どうしたらよいのか考えあぐねている間に、ただでさえ少ない資金が底をついた。困り果てているとき、送金され続けていた謎のお金の存在のことを思い出した、らしい。

どうにもならない状況に追い込まれ、そのお金を村人たちを援助する資金に充てた……けれど、事情の説明と謝罪をせねばと思い、会いたい旨を連絡し約束を取り付けた。

「……なるほど」

「も、申し訳ありません。必ず、お返ししますので……今しばらくお貸し願えませんか！」

伯爵様はそう言って、ソファから滑り落ちるように降りると床に両膝を突いて頭を下げた。

「えっあ、あのっ！　頭を上げてください、そんなっ」

そんなことをしていい身分でも立場でもないのに、伯爵様が床でカエルのように頭を下げている。

私はソファから立ち上がり、慌てて伯爵様に近づいて顔を上げてもらえるように頼んだ。なのに、伯爵様は「お願いしますッ！」と繰り返すばかり。

「……パトリック、落ち着け。リィナが困っている」

「あ、その……申し訳ありません」

伯爵様は鼻を啜《すす》り、私はハンカチを差し出す。蒼玉《そうぎょく》のような瞳から涙が零れ続けていて、彼が心の底から困っていて、どうしようもなくなってお金を勝手に使ってしまったことに関して、罪の意識にさいなまれているのだと分かる。

ソファに座り直した伯爵様はハンカチで涙を拭い、マーゴット様も伯爵様に寄り添いヨシュアの様子を窺《うかが》っていた。

「真面目なおまえが金を遊興に使ったとは思っていない、村の人たちを助けるために使ったというのなら……腹を立てたりはしないし、今すぐ全額返済しろと言ったりもしない。なあ、リィナ」

ヨシュアの言葉に私が頷けば、伯爵様もマーゴット様も安堵の表情を浮かべる。きっと、ヨシュアや私から厳しいことを言われるのを覚悟していたのだろうと思う。

「アストン領内の村で疫病が発生したことは辺境伯閣下から聞いていたし、二十年ほど前にも原因不明の疫病があったことも聞いた。東部を取りまとめる者として、そちらも含めて調査することを検討している」

「そ、それは……」

「領内で発生した疫病でアストン領の皆が長年苦労していることは分かっている。助けになれるよう、辺境伯家の出向文官としても親戚としても力になれたらとも考えている。だから……」

そう言って、ヨシュアは私に対して申し訳なさそうな顔をした。

「リィナ、すまない。まずは疫病を封じ込め、領民たちを治療しなければならない。金の返済についてはそれからの話、になるがかまわないか？」

「義姉上《あね》！　お願いします、しばし金を貸してください！　必ずお返ししますから！」

「リィナさん、お願いします！　過去の非礼はいくらでもお詫《わ》びします、だからっ」

伯爵様は再び床に膝を突いて頭を下げるし、マーゴット様まで床に座り込んで悲鳴のような声で懇願してくる。

「いえ、あの！　顔を上げてください！」

私は困惑しながら再び伯爵様とマーゴット様をソファに座らせた。

黒騎士団で事務を行っていたヨシュアとマーゴット様の従弟が、竜討伐の報奨金を侯爵家名義でマーゴット様に送金していた、と聞いたときはとても驚いた。そのお金を使ってしまった、との告白も同じくらい驚いている。

救いなのは、そのお金が賭け事やお酒などの遊興費として使われたわけじゃなく、病気で苦しんでいる領地の人たちを助けるために使われたということだ。あのお金で助かった人たちがいたことは、純粋に良かったと思う。

確かに送金されてきていたお金を勝手に使い込んでしまったことは、褒められたことじゃない。でも、切羽詰まった事情を聞けば怒りなど沸かないし、今すぐ全額返金しろ、なんてことは言えないし言いたくもない。

「その、村の人たちは今も大変なのですよね？　まずは返済なんて気にせずに、病気を治す方を頑張りましょう？　マーゴット様も」

「あ、義姉上……すみません、すみません。ありがとうございます」

「リィナさん。ありがとう、ありがとうございます」

三度、床に手を突いて頭を下げようとする伯爵様とマーゴット様をソファに留めるのは大変だったし、号泣されて泣きやんでもらうものひと苦労だった。

常識のある大人でも、追い詰められると突飛な行動をとってしまうのだな……と複数のハンカチを伯爵様とマーゴット様に手渡しながらしみじみ思った。

＊＊＊

アストン伯爵様とマーゴット様は、疫病への対策と通常の政務が溜《た》まっているから急いで戻らなくてはいけないと、お昼ご飯も食べずに三歳の息子さんと一緒に領地へ帰っていった。

カールトン領とアストン領は隣接している、といっても馬車で一日はかかるとのことだ……食べてくれとお昼ご飯用にサンドイッチとベーコンがたっぷり入ったキッシュ、それと道中のおやつ用にと焼き菓子を持っていってもらった。せめてそれを家族でゆっくり食べる時間くらいは確保してほしいと思う。

私は昼食後のお茶を支度しながら、エイダさんが郵便配達人から受け取ってくれた手紙の束を整理する。

東部辺境に移ってきてから手紙や小包が届く量が増えた気がするけれど、それは気のせいじゃない。離れた場所にいる私たちを心配してくれる人が大勢いる、その現れなのだと思うと配達される手紙の数が多いことは嬉しい。

同期の女性騎士から、コーディ兄さんの奥様から、領地にいる義母様から、宰相補佐官仲間のバージル様からと知った名前が続く中、ひと際目立つ封筒が出てきた。それは淡いピンク色の封筒で、花の香りがしていて……流れるような美しい文字で知らない名前が書かれている。

「フローレンス・ウーリー？」

隣国から送られてきた手紙は時間差のせいか二通ある。もう一通は淡いオレンジ色で、差出人は同じ、宛先はどちらもヨシュアだ。

「……」

モヤっと胸の中でなにかが焦げるような気持ちが生まれた。ヨシュアに、香りを纏わせた淡く可愛らしい色の封筒で手紙を複数送って来る女性がいる。

いや、どんな関係なのかこのピンクやオレンジ色の手紙だけでは分からない。親戚かもしれないし、仕事を共にしていた女性王宮文官かもしれない。手紙が送られて来ただけで勝手な想像でモヤモヤして、浮気を疑うのはよくないことだ。

自宅に設置されている水晶型の魔導通信具が鳴って、その音に驚き私の中にあるモヤモヤが消し飛んだ。

エイダさんがそれに出る声が遠くに聞こえる。通信相手は女性らしく、なにを言っているかは聞こえないけれど高い声がする。

「……はい、はい、申し訳ございません。子爵様は只今《ただいま》外出されております」

魔道通信具は、同じ道具が設置されている所ならば離れていても顔を見ながら会話ができる便利な魔道具だ。東部辺境地域ではこの通信機の導入が積極的に進められていて、この家に入居したときにはすでに設置されていた。

便利ではある反面、家に戻ってきても通信が入って落ち着かないという短所がある、とは仕事に追われているヨシュアらしい言葉だ。

「ええ、お戻りの予定は分かっております。はい、申し訳ございません」

「………なんなのよ、もう！　……わたくしが………と言うのに！」

「本当に申し訳ございません」

エイダさんが何度も不在を謝っている、ヨシュアは在宅であるのに。ヨシュアの指示とはいえ、嘘《うそ》をつかせて何度も謝らせている姿を見る度に申し訳なく感じる。

通信のお相手さんはヨシュアに取り次いでもらえないことに苛立《いらだ》ち、声が大きく口調が荒くなっていく。

「また通信を入れるわ！　何度も連絡しているのに、一度も摑《つか》まらないなんて酷いったらないわよ」

「申し訳ございません」

「もう、仕方がないわね！　ヨシュアには家にいるように伝えてちょうだい、わたくしが何度も通信を入れていることもね！」

「……申し訳ございませんでした、失礼致します」

通信のお相手さんは私の耳にもしっかり聞こえるほど大きな声で言うと、プツンッと魔道通信を切った。同時にエイダさんが大きく息を吐く。

「エイダさん、すみません。嫌な役をやらせてしまって」

魔道通信具の近くに寄ってエイダさんに声を掛ければ、彼女は首を左右に大きく振って苦笑いを浮かべた。

「リィナ様！　いえいえ、いいんですよ。直接お会いしての対応と比べたら、魔道通信はお声だけですから安全です」

「でも、今の人は……」

エイダさんは両手を大きく左右に振り、少しばかり慌てた。

「あの方はヨシュア様のお知り合いらしいのですが、なにを言われても取り次がないようにと言われています。ヨシュア様からは型どおりに対応して、その後は通信を切って問題ないとも言っていただいておりますから……最悪、切ってしまえばいいのです」

「でも……」

「大丈夫です、リィナ様はお気になさらずに。それより、お茶の支度を致しましょう」

私たちはキッチンに移動し、お湯を沸かしお茶の支度をする。

火にかけたやかんの中の水が温まり、ポコポコと沸いていく。その音を聞きながら、私は先ほどの魔導通信のお相手さんのことを考えていた。

話し方からして貴族のご夫人、そしてヨシュアも知っている。更に彼を〝ヨシュア〟と呼び捨てにできる間柄の人物だ。そして、今までに何度も魔道通信具に連絡を入れている。

何度も連絡を入れていると言えば、テーブルの上に置いたヨシュア宛ての手紙の中にも同じ状況のものがある。香り付けをした淡い可愛らしい色合いの封書が二通。

思い返せば、東部辺境に来てから増えた手紙の中に淡い色合いの封書が複数あったように思う。

どれもヨシュア宛てで、女性が好きそうな淡く優しい色合いの封筒に美しい文字が書いてあった。

「……リィナ様、お湯が沸きましたよ。お菓子はどうなさいます？」

「あ、はい。お昼食べたばかりだからお菓子はなしで、お茶だけにしますね」

「かしこまりました」

先ほどの魔導通信、東部辺境に来てから届くようになった貴婦人からの手紙。

それだけでモヤモヤと嫌な想像をするのはダメだ、そうさっき思ったばかりだ。本人の口から言われたわけでもなく、現場を押さえたわけでもないのに疑ってはいけない。

自分で自分に言い聞かせてからお茶を淹《い》れ、ヨシュアが書斎代わりにしている客間へ向かった。

「……ヨシュア？」

ノックをしても返事がなかったので、声を掛けながら扉をわずかに開ければ彼は机に向かっていて、なにかを真剣に見つめていた。

「入りますよ、お茶を飲みませんか？　お手紙も届いています」

「あ、ああ。ありがとう」

室内に入り机の上にティーカップを置き、手紙を手渡す。ヨシュアは差出人を一通ずつ確認すると、淡いピンクとオレンジ色の封筒を見て一瞬だけ顔を強張《こわば》らせた。

「こっちに来てから手紙が増えたな」

私と同じことを思ったようで、ヨシュアはそう言うと手紙を全て机上にある箱に入れる。この箱は未処理として扱われる書類や手紙が入れられる場所で、手紙は全て急ぎや重要ではないと判断されたようだ。あのピンクとオレンジ色の手紙も。そのことに少しばかり安堵した。

ヨシュアは東部辺境の地図を見ていたらしい。カールトン辺境伯領とそこに隣接する領地と三大魔獣地区の一つ、深淵の森の一部が詳細に描かれているものだ。

「……疫病の発生した村がどこにあるのか知りたくてな」

お茶に口を付けながら、ヨシュアの指が地図の上をトントンと叩いた。そこには〝ライベリー〟と書かれていて、その近くには川と小さめの森があることが描かれている。そして、そこから川下に当たる地域にロンディル村・跡地と記載があった。

「リィナ?」

「あの、ここ、ライベリー村で発生した疫病について、辺境伯様はなんと?」

「現地調査の必要があると考えているようだ。二十年ちょっと前にもこの辺りでは疫病が発生しているから、そのこともあって余計にそう考えているみたいだ」

二十二年前に起きた謎の疫病、その現場になったのがロンディル村だ。村中の人間が感染し、生き残ったのは数人でほとんどの人が亡くなった。

「……現地調査が行われるとき、ロンディル村のあった所へ私も一緒に行くことは可能ですか?」

「は⁉」

勢いよくカップが机に戻され、ガチャッと大きな音が室内に響いた。

「駄目に決まっているだろう、キミは辺境の文官でも騎士でもない。それにロンディル村跡地は二十年ちょっと前に疫病で壊滅し、現在も大部分が封鎖されている。それに今疫病が発生しているライベリー村の近くだぞ。もしも、ロンディル村で発生した疫病と同じものなのだとしたら、かなり危険だ。そんな危険な場所に……」

「ロンディル村は、私が生まれた村、なのです」

「それ、はっ……」

私にはロンディル村で生活した記憶はない。

両親も祖母も親戚も皆亡くなって一人ぼっちとなった私は、救児院に引き取られたときまだ二歳数か月の幼児だった。けれど、ロンディル村で果樹農家を営む夫婦の第一子として生まれたことは救児院の先生から教えてもらっている。

ロンディル村で猛威を振るった病気の原因は現在でも不明のまま。村の跡地は封鎖されて、立ち入ることができないことも聞いている。けれど疫病の調査という名目があるのなら、村跡地に入れるんじゃないだろうか。

「私の両親、祖父母、親戚が眠っている場所でもあります。お願いします、一度でいいから家族の眠る場所にお参りしたいんです」

ヨシュアはとても困ったような顔をしてから片手で顔を覆い、大きく息を吐いた。

「リィナ、卑怯《ひきょう》だぞ」

「え?」

無関係な私が調査の同行は確かに無茶なお願いだとは思っているけれど、卑怯なんて言われるようなつもりはなかったので驚く。ヨシュアは困った顔から不機嫌そうな顔に表情を変えると、私の手首を引っ張る。想像以上に強く引っ張られて、私は飛び込むよう椅子に座るヨシュアの膝上に抱きかかえられた。

「ヨシュア？」

「ご両親や親戚の眠る地に参りたい、そんな風に言われたら駄目だと突っぱねることなんてできないだろう」

卑怯だ、と小さな声で呟《つぶや》きながらヨシュアは強く抱きしめてくる。

「……すみません」

「いや、キミの希望はできるだけ叶《かな》えてやりたい。だが、実際危険な場所であるし、希望が通るかは分からない。辺境伯閣下が駄目だといえば今回は諦めてくれ」

「はい」

再度大きく息を吐いて、ヨシュアは目尻にキスをした。

私は温かな体に抱きかかえられ、優しく繰り返されるキスを受けとることに夢中になってしまい、胸をモヤモヤさせた淡い色合いの手紙のことや、彼を呼び捨てにする女性からの魔導通信があったなど……忘れてしまったのだった。

＊＊＊

アストン伯爵とマーゴット様が我が家に来訪してから一週間、カールトン辺境伯家とアストン伯爵家の共同で疫病対策調査を行うことが決まった。その調査結果を踏まえて、適切な治療と村の機

能回復、今後の疫病の流行対策などを考えて行うのだ。

まずは辺境伯様側からは白魔法が使えるヨシュアと東方騎士団所属の騎士たち、アストン伯爵様側からはご当主様と領民たちが立ち合って、聞き取りや現地の調査を行う。

私はその同行が許可された……辺境伯様が私の生まれのことを知り、お参りしたいという気持ちを理解してくださったからだ。

大きな街道から分かれた道の途中にある小高い丘から見える景色をひと言で表せば、朽ちかけた廃村だ。

同行していたアストン伯爵様はこの景色を見て首を左右に振った。自分の治める地域にある村がこんな風に朽ちて行く姿を見るのは切ないだろう。

硬そうな地面に剝《む》き出しの石、地面から生えている植物は黄色や茶色に立ち枯れているものばかりで、立派な木々はみんな葉を落としている。植物だけを見れば冬らしい光景で、きっと春から秋は植物に覆われてしまうだろう。

周囲に目をやれば、昔は整備されていただろう石が敷き詰められた道の一部があって、その向こうに崩れた建物があるのが見えた。建物はほとんどが崩れて基礎と壁が少し残っているだけ、辛うじて神殿であっただろう建物が残っているけれど、大きく壁が崩れている。

崩れた建物の更に奥に見える果樹園は、野生に戻ってしまったらしい果物の木がたくさん生えているのが見えた。本来なら剪定《せんてい》されているだろう枝は好き勝手な方向に伸びて、葉の茂る季節になればかなり鬱蒼《うっそう》とするだろう。

「リィナ、今は少し見るだけだ。また改めてここには来るから」

「はい」

アストン伯爵領・ロンディル村跡地。今から二十二年前、突然流行した謎の疫病によって村人のほとんどが亡くなり、豊かな実りを約束していた畑や果樹園も枯れ果ててしまった。亡くなった村人の遺体からも感染するため、村人は皆火葬の後に埋葬された。その後非常に感染力の強い疫病とされて村のあった周辺地区ごと封鎖され、立ち入り禁止区域になっている。

アストン伯爵領は主力産業であった果樹栽培と果樹加工品の生産力の双方を一気に低下させて、田舎の貧乏領地になってしまった。

領としての収入が激減してしまったけれど、伯爵家では立ち入り禁止区域の浄化処理を行い、人が立ち入れる場所を増やしている。後々は立ち入り禁止区域をなくして、ロンディル村と果樹園を再興させるために鋭意尽力中であるらしい。進捗《しんちょく》状況は芳しいとは言えない状態であるけれど。

自分が生まれて二才まで暮らしたという村は、枯れた植物に覆われ、建物は崩れて廃墟《はいきょ》としか言いようがない。私にはここで暮らした記憶がないけれど、廃墟を見れば寂しく感じる。

もし、疫病が発生しなかったら……私はこの村で果樹農家の娘として家族や親戚と共に暮らしていたのだろう。五歳のときに受ける魔術調べで古代魔法が使えることが分かれば、騎士学校への入学と黒騎士への就任が決められているので、黒騎士にはなっただろう。でも帰る故郷があって、帰りを待ってくれている家族がいることは、きっと私の支えになったと思う。

「地図や資料で確認はしていたが、思っていたよりずっと大きな果樹園があったのだな」

ヨシュアは手にした地図と現地を見比べ、呟いた。

「アストン領ロンディル村といえば、アプルの実とペアーの実が名産だったはずだ。果実はみずみずしくて甘く、加工されたジャムやジュースも人気だった」

「そうなんですよ、私はペアーのジャムが大好物で毎朝パンに山のようにのせて食べていたものです。料理人の作ってくれるアプルのケーキは母と妹の好物で、アプル風味のお茶などもよく飲んでおりました」

東方騎士団所属の騎士、今回の疫病調査に派遣同行している女性騎士はジャムやケーキを思い出したようで、うっとりとした笑みを浮かべる。本当に美味しくて幸せな思い出なのだろう、笑顔が幸せそうだ。

確かに目に見える範囲にある果樹園であった場所は広く、たくさんの果物を収穫できただろう。

「どこの街や村でも年に三回ある祭りには力を入れるもんですが、ロンディル村の秋祭りは特に盛大でしたよ。果樹酒もたっぷり振る舞って、果物を使った料理も菓子も美味しいと人気だった」

「ですです！　私は子どもだったので加減知らずで、お菓子でお腹いっぱいにしちゃって、夕食が食べられなくなって母に叱られました」

東方騎士団から派遣されたもうひとりの男性騎士が教えてくれるロンディル村の話。目の前に広がる枯れた植物や崩れた建物の様子からは想像もつかない。

「私もロンディルの秋祭りのことはよく覚えています。アプルの実を使った甘酸っぱいソースのかかったポク肉のソテーが素晴らしく美味しかった。ジャムもジュースも焼き菓子も美味しくて。東部辺境の田舎にある村なのに、他地域からたくさんの方が遊びに来たんですよ」

アストン伯爵は朽ちて荒れてしまった村を見回した。

「我が家では父の頃から封じられたこの地を再び果樹園に戻し、村の復興を目標に掲げています。私の代なのか、息子の代になるか、そのずっと先の代になるかは分かりませんが……ここをいつか、以前のような美しい果樹農園に戻します」

ここが再び果樹園として復興してくれたら素直に嬉しいと思う。

「さて、疫病が出ているライベリー村はここから近いはずだったな」

ヨシュアの問いかけに男性騎士が頷いて、ロンディル村の果樹園跡地の北側に見える小さな森を指さした。

「ライベリー村はあの森を抜けた先にあります。布を染める染料になる植物と、絹糸を作り出す昆虫のエサになる植物を主に育てています。その村で一か月ほど前から病人が出始めました」

伯爵様とヨシュアと私を乗せた馬車は森を迂回《うかい》するようにライベリー村へと出発した。馬車の前後ろを東方騎士団の騎士二人が騎馬で進む。

窓から見える森は冬だというのに緑が濃く鬱蒼としていて、魔獣の暮らす〝深淵の渓谷〟に似ているように感じた。

＊＊＊

アストン伯爵領ライベリー村。近くに比較的大きな川が流れ、北側に森を背負っていて環境条件としてはかなり良好だろう。森には鹿や猪《イノシシ》、兎《ウサギ》などが生息していて、食べられる木の実やきのこなども取れ、川からは農業用水が確保できる。

好条件にもかかわらず、長年人が入植しなかった理由はやはり疫病で壊滅したロンディル村跡地が近いから。二十二年前の出来事を覚えている大人は多く、なかなか入植が進まなかったのも頷ける。

中央広場を起点として村人が暮らす木造の家や倉庫、集会場などの村民共有の場があり、人が暮らす場所の外側に畑が広がっている。

この地に人が入植したのは五年前で、現在も発展の途上にある村だ。何もなかった土地から五年でここまで村を作り上げたのだから、村人たちは協力して頑張ったのだと思う。

村の代表だというジェフさんは焦げ茶の髪に白髪を交じらせ、目の下に真っ黒い隈《くま》を作った五十代ほどの……ひどく疲れた様子の男性だった。

「ようこそおいでくださいました。辺境伯様と領主様にお気遣いいただき、感謝の言葉もありません」

そう言って挨拶する声までカサカサに掠《かす》れている。

馬車に積み込んで来た医療品、シーツやタオルなどの生活用品などを下ろして村の人たちに配ってもらえるようにお願いをした。食料品や追加の生活用品は後日、別便で届くように手配されていてヨシュアの差配に手抜かりはないようだ。

「ありがとうございます。今は村の外周にあります、第二耕作地より外へ村人は出ることができません。どうしても村の中だけでは賄いきれない物がありますので、物資は本当に助かります」

「不足している物があれば、まとめて申し出てくださいね！　必要な援助物資については、皆さんが一番お分かりでしょうから」

辺境伯様の所に所属している騎士たちは村人たちと荷ほどきをしながら言う。

安心した表情を浮かべながら物資を受け取る人たちを見守りながら、ヨシュアはジェフ代表に声を掛けた。

「それで、現在疫病に罹患している者たちは？」

「こちらです。……感染の可能性がありますので、療養所としております建物への入室はご遠慮ください」

村には集会場と呼ばれる大き目の建物があり、普段はそこで打ち合わせをしたり作業をしたりしているそうだ。けれど、今はそこに疫病に感染した村人を集めて看病しているとのこと。

「看病、とは言いましても……治療方法など分かりませんので、熱冷ましの薬草を煎じて飲ませて柔らかく煮込んだ粥《かゆ》を食べさせるくらいしかできていないのです」

「病状は？」

ジェフ代表は小さく息を吐き、首を左右に振った。

「最初の症状は軽い立ち眩《くら》みや微熱と目眩《めまい》、その後は胃の不快感や吐き気と咳《せき》。食欲が失われるせいで、食べられずに体が衰弱しております。子どもたちは体力もありませんし、心配です」

「そうか。罹患しているのは子ども？　老人？」

「はい。病気の症状は軽いものの、二十二年前ととてもよく似ています。ですから、当時の資料を参考に病人の隔離を行い、罹患していない村人も指定した地域より先の外出を禁じました。その結果、食料や生活物資が不足し、治療のための物資も足りず……領主様に援助のお願いをいたしました」

案内された集会場、現在は仮の療養所になっている施設は村の西側にあった。平屋造りで、階段三段分ほど高床に作られている。南側に作られたデッキテラスに上がり、窓から室内を窺い見れば布団が敷き詰められており、そこに小さな子どもたちと数人の大人が寝かされていた。

みんな体を丸めるように横になっていて、時折激しく咳込《せきこ》んで苦しそうだ。特に子どもたちは症状が重たいように見える。

療養所に集められた人たちは発病して一か月ほど経《た》っている。衰弱はしているものの、死者は出ていないというのがせめてもの救いだろう。

乾燥していて風が出てくる季節になったのと、こまめにリネン類の交換ができているため療養所は清潔が保たれている。そのおかげで別の病気を発症することはなく症状は徐々に軽くなっていっているようだけれど、このままの病状が続くようでは体力のない子どもたちは衰弱死してしまう可能性が高い。

「今のところ、彼ら以外に病気を発症した者はおりません。ですが、感染経路が不確かなため隔離するしか方法がないのです」

清潔ではあるけれど、療養所の中は暗く落ち込んだ空気が漂っている。

「アストン領では、ロンディル村でのことを踏まえて予算を取ってはいなかったのか？　農業を中心にしているのだから、水害や日照り、虫害などの被害も十分に考え得る話だろう。そのときのための予算は必要だろうに」

ヨシュアの呟くような言葉に、アストン伯爵様は顔を青くした。

「確かに……その、そうしたかったのは山々なのですが。でも、予算の確保が難しくて」

「それは……」

「二十二年前の疫病でも対処方法が分かりませんでした。結果、感染者は増えてそのほとんどの領民が虹の橋を渡ってしまいました。栽培される果物とそれを使った加工品は我が領地の主産業で、ロンディル村は規模的には一番大きな村といっていい村でしたから……一気に産業力が低下してしまい、収入が激減。今も回復できていません」

「自分は当時三十歳になったばかりで、ロンディル村の果樹栽培方法を何度も見学して学んだものです。広大な果樹農園が広がり、大きな作業場があって大勢の村人が果物を使ったジャムや砂糖漬け、酒などを作っていました」

ジェフ代表の言葉に伯爵様は「そうでしたね」と返事をした。二人とも、当時を懐かしむようにライベリー村の畑に目をやった。畑には濃い緑色をした葉が茂った、大人の腰程度に育った木が植えられている。

「ロンディル村の人たちがみな亡くなって、果樹を栽培し収穫、その果実を加工してくれる働き手を失い、領の収入は大きく減少しました。代わりに野菜類が主産業となったのですが、今まで取引のあった領地では〝アストン領の食べ物は毒だ〟との噂《うわさ》が流れまして、できた野菜はろくに売ることもできませんでした」

アストン伯爵家はあっという間に収入がなくなり、少ない収入と過去の蓄えでは領民たちの日々の暮らしを守ることで精いっぱい。徐々に噂を払拭しつつ、ここまで立ち直ってきたわけで……いざというときのための予算、を作ることは難しかったと想像がついた。

「本当に、病というものは……やっかいなものだな」

優しく伯爵様の肩を叩きながら、ヨシュアはそう呟いた。

「大切なものを、何の前触れもなくあっという間に奪い去っていってしまうのだから」

＊　□　＊

初冬の冷たさを含んだ乾いた風が強く吹き付け、ライベリー村で栽培している低木の葉や枝を大きく揺らす。この濃い緑色の葉を摘み取り、煮込むと湯は濃い青色に変わり、その湯の中に布や糸を浸すと、それは美しい青色に染まる。布や糸を浸して乾かすことを繰り返すと青色は濃い色となり、同じ青でも違う印象のものとなるそうだ。

現在のライベリー村では染色の原料となる植物と、絹糸を作り出す虫のエサとなる植物を育て他領へ出荷することを生業としている。

アストン領で採れる野菜や果物に対する風評被害のせいで、食べ物とは関係のないものの栽培しか選択になかったのだろう。

この辺りの問題解決には、風評被害を取り去る必要がある。が、そのためには現在疫病に罹患している者たちを完治させ、疫病を完全に封じなくてはならない。

なんにせよ、第一歩は疫病に苦しむ村人の治療から始まる。

「最初に疫病にかかったのは誰で、どこで何をしていた？」

「村の子どもで、姉と弟の姉弟です。他にも子どもたちが四人と、その母親や祖父母が感染しています。どうやら、子どもたちとその家族は森にバインの木の種ガラを拾いに行って、その後に体調を崩したようです」

ジェフ代表が療養所の窓から、並んで横になっている姉弟を教えてくれた。子どもたちは総じて症状が重たいが、特に姉弟二人は重症であるらしい。

「バインの木の、種ガラとは？」

「バインの木は森に多く生えている常緑の木で、種ガラはその木の種です。卵のような形をしていて、大きさは子どもの拳くらいですかね。その中に種が入っていまして、熟すと爆ぜるようにして周囲に種を飛ばします。その弾け飛んだ後のものを、種ガラと呼んでおります」

テラスデッキの隅に置いてあった籠の中から取り出し、「これです」とジェフ代表は種ガラを見せてくれた。手にした種ガラは茶色でゴツゴツとしていて、とても固い。

「種ガラには油分が多く含まれているので、燃料として使います。冬には暖を取るために使うので、どこの家でもたくさん集めておくのです」

「ああ、それで子どもや老人が拾い集めているのか」

「はい。秋から初冬にかけての仕事のひとつです」

再び冷たい風が吹き抜け、リィナの体が心配になった私は彼女を振り返った。

治療院のデッキテラスに立つリィナは、じっとある方向を見つめている。その先にあるのは、ライベリー村北側にある森だ。

「リィナ?」

「あの、ちょっと森に行ってきてもいいですか?」

振り返ってリィナは唐突にそう言った。

「なんだって?」

「あの森に行ってみたいんです」

「森になにかあるのか?　子どもたちが体調を崩したのは森で種ガラを拾い集めた後だというから、確かに気にはなるが」

森は確認する必要がある場所だが、リィナはもっと森に対して確信があるような感じで言う。

「それは……」

「代表!　ジェフ代表!」

リィナの声を遮るように、叫び声が響いた。今にも転びそうな勢いでこちらに向かって村人が走ってくる。

「どうしたんだ、何ごとだ?」

「人が、川から人が流れてきたんです!　しかも、二人!」

ジェフ代表は眉を顰《ひそ》め、大きく息を吐いた。

「またか。仕方がない、いつも通り丁重に葬って……」

「それが、生きてるんですよ！　二人とも大ケガしてて、特に男の方はもう今にも死んじまいそうすけど！」

「なに⁉　生きているのなら、手当を！」

「辺境伯様の所の騎士様たちが白魔法使って治療してくれてますけど、男の方はヤバそうなんですって！　今この村で死人が出たら……」

疫病で滅んだロンディル村付近にある村、というだけで発生している根も葉もない噂が徐々にではあるがようやく薄れてきているというのに、新たな疫病が発生して更に死人が出たなんて話になったら、またどんな噂を立てられるか。そう言って村人は体を震わせた。

問題の焦点はそこではない、そう言いたかった。だが、それを言い聞かせたところで混乱の渦中にいるだろうこの村人には理解してもらえまい。

「私も行こう。その流れてきた者たちの所へ案内してくれ。リィナ、キミはどこか温かい所で休んでいてくれ。パトリック、リィナを頼む」

「は、はい」

「文官様、こっちです！」

リィナの「気を付けて」という声を背中に受けながら、私は村人の案内を受けて走り出した。

ライベリー村のすぐ脇を流れている川は上流にさかのぼると〝深淵の森〟の中へと続いていて、

時折魔獣の死骸が流れつくことがあるそうだ。その魔獣と戦ったであろう、傭兵や騎士も。

「あそこです！」

案内された所には数人の村人と東方騎士団に所属している騎士二人の姿があった。二人の騎士は倒れているそれぞれに回復系の白魔法をかけている。

「容体はどうか？」

「ああ、ヨシュア殿！　あっちの女の子の方はなんとかなりそうです、でも男の方はかなり危険な状態です。腹部の傷が深く、太ももの大きな血管を損傷しているようで出血が酷い……自分の魔法では回復が追い付きません」

「私が代わろう」

倒れた男を挟むようにして騎士の向かいに膝を突く。川から引き上げられた男は全身びしょ濡《ぬ》れで、血液と体温を奪われ顔色は血の気が一切感じられない。

「……〝治癒〟」

折れた肋骨《ろっこつ》が内臓を傷つけ、内出血が酷い。右太ももにある裂傷で傷ついた血管をふさぎ、大きな出血から止めていく。

男が身に着けていたらしい鎧《よろい》パーツが脇に転がっている。肩当てとして成り立っていた部分は割れ、大きくひしゃげている。胴回りも凹みが酷く、その様子からかなり強い衝撃を受け、川に落とされたのだろう。

「村人に湯とタオル、包帯の類いと薬をできる限り用意してもらってくれ。魔法治療と同時に体を拭いて乾かす、このままでは体温が下がる一方だ」

いくら東部が温暖な地域とはいえ、十二の月に入った今は風も川の水も冷たい。このままでは傷をふさいでも、凍えて死んでしまう。

「分かりました、手配します。……そっちはどうだ⁉」

「左手を複雑骨折して、肋骨が二本折れています。それから、腹部を中心に多数の打撲と小さな傷があります。肋骨と傷ついた内臓の治癒は終わりましたので……命の危機は脱したと思います。腕の骨折は骨の位置を治しましたので、固定して後は自然治癒がいいかと」

少し離れた所で女性騎士の治癒魔法を受けているのは、男と一緒に流れ着いたもうひとり。それはまだ少女といっていい年齢の女の子だった。この男があの少女を庇《かば》ったのだろう、と想像がつく。

「よし、では腕を固定したらその子はどこか室内に運んでくれ。女性たちで面倒を見てやってほしい。補佐官様、自分はこの男を乾かします」

「頼む」

回復魔法が男の傷を癒やす、があまり回復の手応えがない。どうやらこの男と私の魔力相性はよくないらしい。命に関わる傷を癒やした後は、薬を使った治療に切り替えた方が良いだろう。

元々回復系の魔法に頼るのは、体に良い影響を与えないと言われている。人間が持つ、自然に回復する力を使った方が良いのだ。

まずはこの男を移動させることができる所まで癒す。その後、治療院へ運んでしかるべき治療を受けさせる。それと並行して身元を確認し、身内と所属先へ連絡を入れるという流れになるだろう。

身なりからして騎士と思われるが、何者だろうか？

近衛である白騎士と街を警備する赤騎士は制服から鎧まで全てが揃いの装備で分かりやすい。だが、魔獣を相手にする青騎士や黒騎士は個人によって戦い方が違うために装備がバラバラだ。

装備品から身元が分かるものが発見できればいいが……もしも意識が戻らなければ、身元の確認に時間がかかってしまう。家族には出来るだけ早く状況を知らせたいのだが。

「ヨシュア、大丈夫ですか？」

「リィナ？　どうしてここに、どこかで休んでいろと……」

「すみません、心配で。あれ？　この方は……」

パトリックと共に現れたリィナは、私の前で横になっている男の顔を見ると何かを思い出すように小首を傾げた。

「リィナ卿、この男をご存じなのですか？」

騎士の問いかけに「うーん」と小さく唸《うな》りながら、リィナは右から左から男の顔を見た。

「……あ、ああ！　ウォーレン卿！　この方はウォーレン・アッシャー卿です」

「この男、黒騎士か？」

「そうです。メルト王国黒騎士団所属、ウォーレン・アッシャー卿で間違いありません。お顔が真っ白で、生気も表情もないのですぐには分かりませんでした」

この男が黒騎士だというのなら、一緒に流れ着いた少女は何者なのだろうか？　私の目には少女をこの男が庇ったように見える。この男が傭兵か青もしくは赤騎士であったのなら、不幸にも魔獣に襲われた少女を庇った結果だったと納得しただろう。

だが、この男……ウォーレン・アッシャーは黒騎士。竜の討伐を主な任務とする騎士だ。流れてきたのがこの男だけであったのならそれもまた分かる、ライベリー村の近くを流れる川は〝深淵の森〟を流れている。そこで戦っていた黒騎士が川に転落してここに流れ着いたのなら、理屈は通る。

だが、少女との関係が全く分からない。

「まあ、いい。……よし、大きな傷はふさがった、一気に回復させると体への負担が大きいから、今日はここまでだ。この男も運んでくれ」

「了解しました」

黒騎士ウォーレン・アッシャーが目覚めたら、ここに流れ着いた経緯と少女との関係を聞けばいい。勝手な想像などしても無駄だ。

「……」

「リィナ？　どうした」

「いえ、この季節に竜の討伐任務だなんて、珍しいと思っただけです」

リィナはそう言って、ウォーレン卿が身に着けていたボロボロの鎧の一部を拾い上げた。割れたり、凹んだりといった損傷はかなり大きい。

「魔獣も竜も寒い季節はあまり活動しません、繁殖の季節である春までは大人しくしているものです。それなのに、十二の月に入った今竜と戦うなんて」

「でも、可能性はゼロではないですよね？」

「それはそうなのですけど……寒い季節の竜討伐、それにははっきりと原因がある場合が多いです」

「その、原因とは？」

私がそう聞けば、リィナは唇を一度キュッと噛《か》みしめてから言った。

「人の方から竜を刺激してしまったとき、です」

二章　辺境の地の夫婦と黒騎士と少女　メルト王国歴７８６年

アストン領ライベリー村は元々小さく、余裕のある村ではない。ただでさえ子どもたちを中心に十人近くの病人を抱え、村の外へ行くことも制限されているため、村外の人間を看病できるような状態ではない。

村に流れ着いた二人は、ヨシュアと私がお世話になるアストン領の領都へと運ばれた。

あの村では外科的な治療はできないし、横になって休める場所もなければ、彼らの食べる物もなく看護をする人もいないのだから、仕方がない。

彼らは領都にある治療院、その中でも隔離治療が必要な人が入院する別館と呼ばれる施設に入ることとなった。万が一彼らがライベリー村の人たちと同じ疫病にかかっていたとしても、別館で食い止めることが可能だ。

治療院の別館は小さな建物で、診察室と四人一部屋の大部屋、浴室とトイレがあり建物の隅に洗濯場が作られている。厨房《ちゅうぼう》はなく、食事は治療院の本館から運ばれてくる形だ。

大部屋にある四つのベッド、対角にウォーレン卿《きょう》と女の子は寝かされている。

窓を開ければ冬の冷たい空気が室内を流れ、ベッドを分ける天井から吊《つ》るされた大きなカーテンがふわりと揺れた。室内の温度が下がるのはよくないけれど、閉めっぱなしでは空気が淀《よど》んでしまう。

私は午前午後にそれぞれ一回、部屋の窓を開けている。

ヨシュアはライベリー村と領都を行ったり来たりしながら、村内部と周辺の調査や人々の体調などを調べて、それを持ち帰っては纏《まと》めていて忙《せわ》しない。更にその合間を縫ってウォーレン卿へ治癒魔法をかけている。

王都で宰相様の補佐官をしていたときはとても忙しくしていたけれど、東部辺境に来て緩和したかと思っていたのに、またあの頃に戻ってしまった感じだ。

でも、どこか生き生きとしているように見えるのはきっと気のせいじゃない。

ヒュッと強く風が吹いて、私は慌てて窓を閉める。換気はもう十分だろう。窓の鍵を閉めると風に舞ったカーテンを落ち着かせながらベッドに目を向ける……と、青色の瞳と視線がかち合った。

「こ……こは？」

「ウォーレン卿、目が覚めたのですね！　良かった」

ウォーレン卿と女の子、どう見ても彼の方が傷は深いし出血量も多かったというのに、先に目が覚めたのはやはり体力のある男性騎士だったからだろう。変わらず顔色は白に近いけれど、意識が戻れば一安心だ。

「ここはアストン領の領都にある治療院です」

ベッドに近づき顔を覗《のぞ》き込めば、ウォーレン卿は私を見て目をまん丸に見開いた。

「お……」

「お？」

「おまえが、どうして……ここに……」

慌てて体を起こして私を突き飛ばそうと腕を動かすけれど、実際は布団の中で腕がわずかに持ち上がっただけ。その事実にまた驚いたウォーレン卿は、自身の体と私の顔を交互に見た。

「落ち着いてください。私がここにいるのは、夫が東部辺境伯様の元へ出向しているからです。他に理由はありません」

「……お、俺の体はどうなっ……て？」

「大きな損傷箇所は二か所、腹部と右太ももです。骨折と内臓の損傷、破裂した血管の修復は終わっています。ですから、安心してください」

「体が、動か……ないぞ」

「全身を強く打っていますし、神経が傷ついている箇所も多いそうですから……しばらくは動けないかと。安静にしていてください」

「俺はっ……うっ、ゴホッゴホゴホ」

更に言葉を続けようとしたウォーレン卿だったけれど、急に大声を出したせいか激しく咳込《せきこ》んだ。

「落ち着いてください。お水を持ってきます、お話はそれからしましょう」

私はウォーレン卿に布団を掛け直し、治療院の本館に向かった。人が飲める水は別館にはないのだ、あるのは掃除や洗濯に使う水だけ。ここにある水を飲むとお腹が痛くなるだろう。

治療院本館一階にある厨房でレレモの果汁が入った水とグラスを貰《もら》って離れに戻る。

右足はまだ多少引きずるけれど、杖《つえ》なしで歩けるようになっていて良かった。両手でトレーを持って歩けるから、飲み物を安定して運ぶこともできる。

小さな敷石が点々と埋め込まれた通路を歩き、離れのドアを開けると大きな声が聞こえた。

「止めろ、……このガキ！」

「なんなんだよっアンタ！　私の邪魔しやがって!!」

「おまえの邪魔なんかしてねぇ！　おまえこそ、討伐の邪魔したって分かってんのか！」

「なんだとぉ！」

声とともに家具がガタガタと暴れる音までする。声の主はウォーレン卿と眠っていた女の子だと思われた。二人ともケガをしてるっていうのに、なにしているんだろう。

慌てて別館の中に入り、廊下にある小さなテーブルにトレーを置いてから大部屋を覗《のぞ》いた。

すると女の子が動けないウォーレン卿の上に馬乗りになって、添え木で固定されている左手を振り上げて殴りかかろうとしている、そんな姿が目に入った。

「な、なにしてるの！　駄目、駄目ですよっ」

今にもウォーレン卿の顔に振り下ろされようとしている女の子の左腕を摑《つか》んだ。腕の骨折を固定している添え木はとても頑丈なもので、これを顔や頭に振り下ろされたら痛いだけでは済まない。

ウォーレン卿は重傷で動くことができない状態なので、避けることだって難しい。

「なんなの、アンタ！」

「止めなさい！」

強引に女の子をウォーレン卿の上から引きずり下ろすと、彼女は私を思い切り振り払った。傷ついている私の足では踏ん張りがきかず、よろめいたところを突き飛ばされ、床に倒れ込む。

「止めろ、くそガキ！　止めろ‼」

慌てたウォーレン卿の声が聞こえ、女の子が倒れ込んだ私に追撃しようとしている姿が見えた。

添え木で固定された左腕が振り上げられて、怒りに満ちた女の子の栗色《くりいろ》の瞳が私を映している。

「馬鹿、逃げろ！」

「私の邪魔した、アンタが悪いんだよ」

私は両腕で頭を庇《かば》う。それとほぼ同時に添え木が私の腕に叩《たた》きつけられ、ガツンッと嫌な音がして腕に衝撃と痛みが走った。

「ううっ」

「アンタが悪いんだ」

「止めろっ！」

「〝拘束〟」

体を硬くするも、衝撃も痛みもやって来ない。

魔力が動いた感覚がしたと同時にドサッと何かが床に倒れる音がして、くぐもった声が響く。

同じ部屋にいるウォーレン卿はまだベッドから起き上がることもできないから、女の子を止めることも私を庇うこともできないはずなのに。

「なにをしている？　その添え木はキミの腕を固定し骨折を治すためにあるものであって、人を殴るものではない」

ゆっくり腕を下ろしながら目を開ければ、女の子は腕を振り上げた状態で拘束魔法に捕まり床に転がされていた。黄色に光る網状の魔力で包まれた女の子は、呻《うめ》き声を上げながら藻掻《もが》いている。

「むうっ！　むぐぐぐ！」

「……ヨシュア」

「すまない、遅くなった」

私は首を左右に振った。床に倒れたとき、お尻を強く打ったし肘もぶつけて痛かった。添え木で固定された腕で叩かれたときは、腕の骨が軋《きし》む音も聞こえたからきっと大きな痣《あざ》になるだろう。無傷とは言えないけれど、ヨシュアはちゃんと助けに来てくれた。

「ありがとうございます、助けてくださって」

「……大きな傷ではないが、ケガをしたな。後で手当てをしよう、少し待っていてくれ」

ヨシュアに抱きかかえられて立ち上がり、大部屋の隅っこに置いてあった椅子に座る。目の前には、拘束された女の子が未だに床で藻掻いている。

「さて、目が覚めて良かった。私はヨシュア・リーウェル、王宮文官として宰相補佐の任に付いていますが、今は東部辺境伯閣下の元に出向しています。あなたは黒騎士ウォーレン・アッシャー卿で間違いないでしょうか？」

「あ、ああ。自分はウォーレン・アッシャー本人だ」

「了解しました。では、今あなたの体の状態について私が説明をします。質問があれば受け付けますし、こちらの質問には分かる範囲でお答えください」

ヨシュアはウォーレン卿に対し体に受けたキズの説明と質問をしながら、傷付いた神経へ回復魔法をかけた。

質問に答えながら、ウォーレン卿は床に転がったままの女の子を気にしているけれど、ヨシュアは完全無視している。というよりは、存在を認識していないかのようだ。

「……」

「ふぐうう！　むうっ」

私の足元でイモムシのように藻掻く女の子は、自分をこんな目に合わせた挙げ句存在を無視するヨシュアを先ほどより怒りに満ちた目で睨《にら》みつけていた。もしも視線で人を傷つけることができるのなら、きっとヨシュアはズタズタに引き裂かれているに違いない。

「むううう！　うむううう」

「さて」

ウォーレン卿への治癒魔法をかけひと通りの質疑応答が終わったヨシュアは振り返り、ようやく私の足元に転がっている女の子を一瞬視界に入れる。しかし、すぐに視線を外して私に手を差し出した。

「リィナ、手当をしよう」

「は、はい。でも、あの……この子は……」

「奥の診察室へ行こうか」

ヨシュアはニコリとほほ笑んだ。

足元の女の子は激しく藻掻く。そんなことをしても体力を消耗するだけで、拘束魔法は解けたりはしないのに。ヨシュアの白魔法は強力なのだ。

私は笑顔のヨシュアに手を取られ、そのまま大部屋を出る。

大部屋を出て廊下の突き当たり、そこが治療院別館にある診察室だ。机と椅子、薬や治療器具の入った棚と診察用ベッドがあり、別館に入院している患者の治療が行えるようになっている。

椅子に座り、ブラウスの袖を捲《めく》る。添え木で叩かれた腕は真っ赤になっていて、明日には痣になっているに違いない。けれど、骨に異常はないし外傷もなく、単純な打撲だ。

「……赤くなっているな、しばらく痛むだろう」

「平気ですよ、何てことありません」

ヨシュアは棚から薬を取り出すと、腕に塗ってくれた。

ミントゥのような爽やかな香りがするこの塗り薬は、打撲や筋肉痛に効果がある。打ち身や筋肉痛、捻挫は年齢性別に関係なくなるものなので、とても身近な薬だ。

「あの娘、どうして暴れていたんだ?」

「それが分からないんです。私がお水を持って戻ってきたときには、動けないウォーレン卿の上に馬乗りになって彼を殴ろうとしていたんですよ」

「はあ?　馬乗りだって?」

「邪魔をしたとかしないとか、そんな感じのことを言い合っていました。貴族で黒騎士であるウォーレン卿と平民らしいあの子が知り合いというか、接点があったとは思えないのです。ですので、邪魔をしたというのが理解できなくて」

薬を片付けると、ヨシュアは腕を組んで「ケガで動けない無関係な男に馬乗りになって、暴言を吐きながら暴力を振るう女子とは」と呟《つぶや》いて大きく息を吐いた。

確かに、あの女の子のしたことは褒められたことではない。特に貴族としての教育を受けて育ったヨシュアにとっては、女性が男性に馬乗りになるなんてことは、あってはならない所業なのだろう。

「……色々思うことはあるが、事情は本人に聞くとしよう」

「はい」

ヨシュアは再び手を差し出し、私は自分の手を預ける。診察室を出て、大部屋に戻れば床にはまだ呻《うめ》いている女の子が転がっていた。拘束魔法をかけられて体の自由を奪われ、声すら出せない状態になって数十分、未だ呻いていられる体力があるとは……若さとは素晴らしい。

ゆっくりと近づくと、ヨシュアは女の子の顔を覗《のぞ》き込んだ。途端に彼女は藻掻くのを止める。

「さて、私の妻に暴力を振るった理由を聞こうか。理由次第ではただでは済まさないのでそのつもりで」

「むぐっ⁉」

女の子の顔色がどんどん悪くなっていく。

「まあ、どんな理由であったとしても、いきなり暴力を振るってもよい理由など……私は知らないが」

「……ひっ、ひぐっ！」

顔色は恐怖一色に染まり、体が震えているのが分かる。

「一応、理由を聞こう。ケガをしている割に元気が有り余っているお嬢さん？」

ヨシュアは笑顔だったけれどその目は冷ややかで、そこに感情など一切ない。十二の月だから、という以上に室内温度が下がっているように感じるのは……きっと気のせいじゃない。

＊＊＊

日に焼けて健康的な小麦色の肌、意志の強そうな栗色の瞳に肩に付く程度に短く切り揃《そろ》えられた薄茶色の髪。顔の作りは整っていて、美少女だ。骨折している左手を白布で吊っているのと、体のあちこちにある擦り傷や痣はとても痛々しい。

私は今、その痛々しい美少女と並んで治療院離れと本館の間にある中庭にあるベンチに並んで座っている。午前中の日差しはポカポカと暖かく、今が初冬であることを忘れそうなほど心地よい。

「私はリィナ。あなたのお名前は？」

「……ノラ」

ノラと名乗った少女は、背後にある病室内を気にしながら答えてくれた。正しくは、病室の中にいるヨシュアを気にしながら。

彼女は昨日ヨシュアの拘束魔法で動けなくされて、その後感情のない冷たい目で見られ、容赦なく正論をぶつけられ、問い詰められて最終的に意識を失った。よほど怖かったのだろう。

翌日、再びウォーレン卿の治療をしにヨシュアと共に離れを訪ねると、ノラはヨシュアの顔を見て体を震わせた。それは歯の根が合わないほどで、これでは話ができないと中庭に二人で出てきたのだ。

「ノラちゃんか、素敵な名前ね」

「……爺《じい》さんが、女の孫が生まれたら付けたかった名前なんだって」

「おじいさんが付けてくれたんだ、いいね」

「でも、会ったことはないよ？　爺さん、私が生まれる前に死んだから」

中庭にはほとんど植物がない。赤いレンガで花壇が幾つも作ってあって、散策できる小道が短いながらも作られているが、今は花壇に春に花を咲かせるだろう小さな植物が点々と植えられているだけで、少し物悲しい感じがする。

「そっか、私と一緒だね。私も、祖父は私が生まれる前に亡くなったって聞いてるから」

「……ふぅん」

「ノラちゃん、今幾つ？」

「十六」

未成年だろうとは思っていたけれど、予想よりも年上だった。体付きとやや幼い話し方や考え方からせいぜい十三歳か十四歳くらいかと思ったのに。

「ご家族は？」

「うーん？　まだ村にいるんじゃないかな、引っ越してなければ」

「心配しているんじゃない？」

一応、この国の法律では子どもは十八歳になるまでは未成年として保護者の庇護下《ひごか》にあることになっている。保護者は親や祖父母、親族、救児院の教師、神殿の神官など立場は色々あるが、成人まで大人が傍にいるのが一般的だ。

「それはないない」

ノラは笑って、顔の前で右手をヒラヒラと振った。

「どうして？」

「あの人たちにとって、私は娘じゃないんだよ。夫婦二人と、妹の三人家族。私は違う」

自分は家族の一員じゃない、そう言った自分の言葉に傷付いたような顔をして、ノラは俯《うつむ》いた。

「私が家にいないことにも、気付いてないいんじゃないかな」

「そんな、こと……」

「そういう家もあるんだよ。別に気にしてない、私もあの人たちのこと家族だって思ってないし。私の家族は死んだ爺さんだけだから」

色素の薄い茶色の髪、小麦色の肌も栗色の瞳も、全てノラの祖父ケイレブさんから受け継いだものだ、と教えてくれた。祖父から色を受け継いだことは、ノラにとって自慢であり幸せであり繋《つな》がりなんだろうと思う。

「そっか。じゃあ、ノラちゃんはどうして冬の川に流されるようなことに？」

そう聞けば、ノラはフンッと鼻を鳴らした。

「あの騎士たちが邪魔しなければ、私はちゃんとやれたんだ！　なのにさぁ、騎士たちの邪魔が入ったんだよ。特に部屋で寝てるあのオッサン、あいつが一番酷《ひど》い。いきなり私に体当たりしてきて、そのまま一緒に崖から落っこちて川にドブーンって。水が凄《すご》く冷たくて死ぬかと思った」

「……」

この子がなにを言っているのか、理解が追い付かない。

「ノラちゃんは、深淵《しんえん》の森の近くにいた、んだよね？」

「そうだよ」

「どうしてあんな危険な場所に？　今は冬だから一年で一番静かな季節ではあるけど、森には魔獣もたくさん住んでいるし竜もいるんだよ？」

小さく痩せた体のノラを見れば、彼女が戦う者だとはとても思えない。戦闘訓練を受けた体つきでもなければ、体の使い方もめちゃくちゃだ。ついでに魔法が使える感じもしない、ノラからは魔法使い特有の魔力制御が全く感じられないから。

白兵戦はできない、魔法も使えない、そんな彼女がなぜ魔獣や竜の住み処《か》近くにいたのか、全く分からない。

「それは勿論《もちろん》、竜を殺すため！　憎きあの大型トカゲを殺すためだよ！」

「……え？」

竜を倒す？　この十六歳の女の子が？

「竜は私の仇《かたき》。私が竜を殺さなくちゃ、仇討《あだう》ちをしなくちゃいけないんだよ。それなのに、あの騎士どもは邪魔したんだ。あのオッサン騎士は私に体当たりしてきてさぁ。本当に迷惑だよ」

「じゃ、じゃあノラちゃんが自分の意思で深淵の森に入って、竜を殺そうとしたの？」

「そうだよ」

ノラは十代の少女らしいあどけない顔で答える。

「私の爺さんは傭兵団の団長だったんだよ。傭兵団〝紫紺《しこん》の風〟っていえば、東部と南部では有名なんだ。……今は大叔父さんとその家族、遠縁の人たちが率いてるけど」

「おじいさんは傭兵として竜と戦ったの？」

「多分ね。二十年以上前だけど、爺さんは魔獣討伐に行って帰ってこなかった。話によれば、竜と戦ったから死んだんだってさ。でも遺体も遺品もなにもなくて、今もどこかで生きてるんじゃないかって思ったりもした……死んだって証拠ないしね。でも二十年も帰ってこないってことは、死んだってことなんだって」

確かにノラのおじいさんが亡くなったという決定的な証拠はないのだろう、だから生きている可能性を願う気持ちは分かる。けれど証拠はなくても、音信不通になって七年が経過すると死亡届を出すことができる法律が存在していることを考えれば、二十年以上なんの音沙汰がないということは亡くなったと考えるのが一般的だ。

「爺さんが竜に殺されたのなら、仇を討ちたい。だから私も傭兵団に入団したかったんだけど、親戚も団員たちも止めとけ、私に戦うことは無理だって言うばっかりで全然相手にしてくれないの」

「だから、ひとりで？」

うん、と頷《うなず》くとノラはベンチの座面に両足を抱えるようにして座り直した。

「私が戦えないのなら、団の方で爺さんの仇を討ってほしかった。でも、親戚たちは竜と戦うなんてそんな危険なことはできない、無理だって言ってやってくれない。だから、私がやらなくちゃって、私が爺さんの敵を討たなくちゃって思ったんだよ」

「一人きりでどうやって竜と戦うつもりだったの？」

「リィナは知ってる？　竜とか魔獣って、煙くて酸っぱい感じの匂いが嫌いなんだよ。森で鹿とか猪《イノシシ》とかの獣を狩る狩人たちが、魔獣除《よ》けに使ってる匂い袋があるの。それをいっぱい用意して、遠距離から攻撃しながら誘導して深淵の森から引きずり出すんだ！　それで、こっちが戦うのに有利な場所に竜を連れて来る。戦うための場所には、事前に仕掛けをあれこれ用意しておいて一気に畳みかける……つもりだったんだ」

それなのに、竜の誘導中に黒騎士たちがやって来て予定外の場所で戦闘を開始してしまい、ノラの計画はつぶれた。彼女はそれを感情豊かに話してくれた。

ノラが用意した仕掛けとやらがどんなものなのか、どれほど竜に対して有効なのかは分からないけれど、それを実行した行動力だけは凄いと思った。同時に、なんて幼稚で短絡的で恐ろしいことをしたんだろうと怖くなる。

「でも、どうやっておじいさんを殺した竜を特定したの？　その口ぶりだと、戦うのに有利な場所へおじいさんの仇《かたき》である竜を誘導していたんでしょう？」

「ん？　その竜かどうかは知らないよ、ただ竜を殺してやろうと思っただけ。爺さんがどんな竜と戦ったかなんて、知らない。だって、二十年以上前のことだよ？」

そんなの分かるわけない、とノラは言った。

「じゃ、じゃあ……ノラちゃんが仇討ちで戦おうとしていた竜は、おじいさんの仇じゃないかもしれないんだ？」

ノラはベンチから飛び降りると、落ちていた小枝を拾うと地面にガリガリと絵を描き始めた。それは大きな口に牙を幾つも持ち、太く長い尻尾をした竜のような姿だ。

「うん。実際に爺さんを殺した竜じゃないかもしれないけど、私にとって竜は全部爺さんの仇だからね！」

書きあがった竜の絵をノラは足で踏みつぶして消した。

「ノラちゃん、竜って生き物は魔獣の中でも特別危険な存在だってことは知ってるよね」

「知ってる、そんなの常識だもん」

踏み躙《にじ》るように絵を消す、その行為はとても力強くて、彼女の中にある竜への怒りや憎しみの表れなのだろうと感じる。

「だから、竜の討伐は専門の騎士が行うの」

「黒騎士だよね、それも知ってるよ。あのオッサンがそうなんだ？」

「彼はウォーレン・アッシャー卿、王国騎士団所属の黒騎士。竜に対して専門の騎士が討伐を行うことには理由があるの、ただ戦って殺せばいいってものではないから」

「でも……」

「ノラちゃんが考えていた通り、竜を思っていた場所に誘き出して戦ったとするよ？　ノラちゃんはあっという間に竜に殺されていた」

はっきりと言い切ると、ノラは目を吊り上げ顔を真っ赤にした。

「そんなの、やってみなくちゃ分からないよ‼」

私は首を大きく左右に振ってその言葉を否定する。

「分かるよ。子どもの頃から戦う訓練を続けて来た騎士だって、竜と戦えば傷付くし最悪命を落とすの。訓練を受けたこともないノラちゃんがどうこうできる生き物じゃないの」

「だから、そんなのやってみなくちゃ分からないってば！」

「ウォーレン卿が自分を犠牲にする形でノラちゃんを庇ってくれたから、あなたは戦場から離脱できた。その後、東方騎士団の騎士たちが治癒魔法を使ってくれたから、今ここにこうして生きていられる」

ノラは「そんなことない！」とより一層強く地面に描いた絵を踏み付け、地面には彼女の足跡が幾つもついた。

「ノラちゃんは、竜が死ぬとどうなるか知っている？」

ノラは足を止め、私を見て首を左右に振った。

「知らない。死んだら土に還るんじゃないの？」

「竜は、死んだら一部の部位を除いて毒になるの。血や内臓はとても強い毒で、空気中に混じった毒を少し吸い込んだだけでも気分が悪くなったり、眩暈《めまい》がしたりする。一定以上の量を吸い込めば、命を落としてしまうくらいに強い毒」

「……え？」

「もし、ノラちゃんが計画通りに竜を殺したとしたら……そこから竜の猛毒が地面や大気、近くに川があれば水も汚染されたんだよ。近くに村や畑があったら、どうなっていたと思う？」

「……え？　ええ？　嘘《うそ》、だよね？」

「嘘じゃないよ」

「そんな。私、……そんな、つもりじゃ」

分かっている。彼女は知らなかった、竜を殺せばどうなるかなんて普通は知らない。だって、普通に暮らしている人は、竜を殺そうなんて発想に至らないから。

「だから、専門の騎士が討伐するの。倒した竜の体と竜毒の後始末をするまでが討伐だから」

「……そう、なんだ」

「それから、もう一つ」

私が続ければ、ノラはわずかに肩を竦《すく》ませる。

「私たち人間の方から竜へ攻撃をすることは禁止されているの。討伐対象になる竜は、人や家畜を襲ったとか人の暮らす村に近づいているとか、討伐対象となる理由がある竜なの。魔獣や竜の暮らす森や砂漠といった地域の中で大人しく暮らしている竜は、殺してはいけない決まりなんだ」

「どうして⁉　竜は危険な生き物だって言ったよね、人を襲うよね！」

「竜にも様々な種類があることが分かってきているんだよ。勿論人を襲ったり村で飼っている家畜や備蓄してる食料を狙ったりする種類もいる。でも、静かに暮らしているだけの大人しい竜もいるの。魔獣も竜も、人間は自衛のために討伐するだけ」

「……どうして」

「魔獣も竜も、この世界の生き物で生態系の一部なんだよ……世界にとっては必要な存在だ、と考えられているからかな。だから、竜をむやみやたらに刺激したり攻撃したりしてはいけない決まりがあるの。それを破った者は、処罰の対象になる」

「！」

深淵の森の中で静かに暮らしていた竜を誘《おび》き出して刺激することは、処罰の対象。

大人しくしている竜をわざわざ攻撃して周囲の環境を破壊し、万が一にも村に被害が出たりケガ人が出たり、村人の命が失われるようなことがあってはならない。竜との戦闘は、防衛が基本。

「わ、私……」

ノラは顔を真っ青にして自分で自分を抱きしめながら、言葉を失った。

＊　□　＊

「……オッサン？　オッサンとは、俺のことか？　俺はオッサンなのか？」

ウォーレン卿の腹部に回復魔法をかけていると、窓向こうからリィナと少女の話し声が聞こえてくる。その中で、ノラと名乗った少女が〝オッサン〟と己を呼んでいることに対して、ウォーレン卿は衝撃を隠せないようだ。

「十六の娘から見たら、三十過ぎの男なんて全員オッサンでしょう」

「オッサン、……三十過ぎたらオッサンなのか」

何度もオッサンと繰り返して呟くウォーレン卿の傷は浅くない。出血は止まっているものの、内臓は腫れ上がっているし骨も折れたまま、筋や神経も切れてしまっている。私の回復魔法で徐々に治してはいるものの、魔力相性の関係で治りが早いとは言えない。

「昨日あなたが今所属している砦《とりで》と、アッシャー伯爵家にはあなたが無事であることを連絡しました。負傷したことも、傷がかなり深いことも、細君による治療が必要なことも」

神経を傷つけている以上、なるべく早いうちに魔力相性の良い細君からの治療を受けることが最善だと判断したことを説明すれば、ウォーレン卿はオッサン呼ばわりされたこととは違う様子で顔を顰《しか》めた。

「どうかしましたか?」

「……いや、なんでもない」

なんでもないようには見えなかったが、それ以上踏み込んで尋ねることはできそうにない雰囲気を感じた。伯爵家との関係や細君との関係については、私が口出しすることではないため、口を閉じる。

「あのノラという娘が好き勝手言っていることに関してはさておき、実際のところはどうなのですか?〝深淵の森〟付近で竜が暴れた、それは事実なのでしょう」

「ああ、突然〝深淵の森〟の中から白い竜が暴れながら村に向かっている、という連絡が入って緊急討伐に出た。〝深淵の森〟の境界ギリギリにある崖上にある開けた場所で竜の討伐を行っていたんだが、あの娘が突然飛び出てきたんだよ。古ぼけた軽装備に鈍ら剣《なまく》一本持って、竜に斬りかかろうとした」

「……鈍ら剣一本で？　無謀な」

「だろう？　しかも大声を出して、ご丁寧に自分の位置を竜に知らせて真正面から立ち向かおうとしたんだ。その度胸は買うが、無謀過ぎる。何かを考える時間はなかった、咄嗟《とっさ》にあの娘を庇って……一撃をモロに受けた。結果、吹き飛ばされて崖から転落して、川にドボンだ」

「なるほど、あなたとあの娘が川から流れついた経緯は分かりました。でも不思議ですね、竜を含む魔獣は冬の間は静かにしているものが多いのでしょう？」

「そうだ。だからあの白い竜が暴れて〝深淵の森〟から出ようとしていた、それ自体が異常なんだよ。……必ず、竜が暴れた原因があると思っていた」

腹部の治癒を終え、次は足の治癒に移る。足は神経の回復を集中的に行い、骨折は自然治癒を促す程度に留めておく。

全てのケガを魔法で治すことは可能だが、そうすると人の体に生来備わっている自然に治癒する能力が低下することが分かっているのだ。過去の文献には、治癒魔法に頼り切りになった者が最終的にほんのわずかなかすり傷や打撲すら自然に治ることがなくなったとある。

白魔法による回復はある程度、で終わらせることが鉄則だ。

「その理由は……あの娘にあったわけだな」

ウォーレン卿は外から聞こえるリィナと少女の会話を聞き、大きく息を吐いた。

「まあ、おかしいとは思った。討伐対象となった白い竜、あれは植物の葉や果物を食べる大人しい気性の草食竜で、人や家畜など襲わない。生まれた森から出ることなく生涯を過ごす種類の竜だ。そんな竜が暴れて人里に向かうなんて、あり得ない」

「……つまり竜はあの娘に攻撃され、痛みと嫌いな匂いを撒《ま》き散らされて暴れたと」

「だろうな」

竜や魔物に家族や親しい者を殺された、そんな悲しい過去を背負う者が一定数いる。いくら騎士たちが戦っても、守り切れないことはあるのだ。そんな者たちが、竜や魔物を仇だと憎む気持ちは察することができる。

気持ちを察することはできるが、竜を相手に仇討ちを実行に移した者など聞いたことがない。仇討ちを実行しようなどと、普通は思わない。黒騎士に仇討ちを託す、それが一般的だ。

「このこと、上に報告するのか？」

「……します。彼女の取った行動は法に反しますし、万が一……いや億が一にも竜を殺してしまった場合のことを考えれば、彼女には責任を負う義務があるかと判断します。ただ、多少情状酌量の余地はあるとも判断します」

「……そうか、そうだな」

足の神経を回復させる治癒魔法を終える。昨日までは足の感覚が全くなかったようだが、今日はベッドリネンの感覚や温かいや冷たいといった感覚が戻ってきているらしい。徐々にではあるが、回復しているようで安心する。あとは、ウォーレン卿の細君がやって来てくれるのを待つばかりだ。

「その、昨日は……ごめん。アンタを殴るつもりはなかったけど、カッとなって」

「はい、謝罪は受け取ります。でも、暴力は駄目ですよ？」

「でも、あのオッサンが！」

「暴力は駄目、です」

リィナと少女の会話が聞こえる。どういう教育を受けたら、男の上に馬乗りになって殴ろうとするなどという破廉恥かつ暴力的な女子になるというのだろう。

「分かったよ。…………あのさ、さっき一緒に来た魔法使いの男、本当にアンタの旦那？」

「え？　はい、そうですよ」

リィナとあの少女の会話が私のことになる。

「すっごくすっごくすっごく怖いんだけど！　昨日見た笑顔とか、本気で震えた。魔法すごいし。アンタ大丈夫？　あの男にイジメられたり、暴力振るわれたりしてない？」

「え？」

「だって、昨日殺されるんじゃないかって思うくらい怖かった。顔の表情ないし、目にも光がないし。お面かなにか被ってるんじゃないかってくらいだった。絶対鬼畜だよ」

「そんなことないですよ、とても優しくして……」

「あー、いいよ庇わなくても。旦那の暴力に晒《さら》されてる妻は、絶対旦那を庇うんだって村のオバサンたちも、傭兵団のオバサンたちも言ってた」

「あの……」

「……」

確かに、私の学生時代のあだ名は〝能面冷血〟だった。それをあの少女は知らないはずなのに、どうしてあだ名に通じることを口にするのか疑問だ。

「あんなおっかない鬼畜能面男と結婚して、一緒に暮らしてんでしょ？　アンタ優しくていい人だからきっと苦労してるんだね、同情するよ」

「……ふっ、くくっ。鬼畜とか」

ベッドから笑いが零《こぼ》れ、視線を向ければウォーレン卿が笑いを堪《こら》えていた。まあ、堪えきれずに肩が大きく震えているし、笑い声も漏れているのだが。

「自分の行いには、責任が付いて回る……そのことを彼女にはしっかり、学んでもらわなければならないようです。情状酌量については、改めてよく考え直すこととします」

「お、おお、……やっぱ、怖いよ、補佐官殿。笑顔が特に」

リィナからは「ヨシュアの笑顔はとても優しい印象です」と言われているというのに。全く解せない。

三章　辺境の地の夫婦と恵みと死の森　メルト王国歴７８７年

ヨシュアは忙しそうに領都とライベリー村を往復し、状況を調査してまとめ、村の生活維持と罹患者《りかん》の治療調査を進める。忙しい合間には領都治療院の離れでウォーレン卿《きょう》の治療も行う。そんな毎日を送っているうちに、十二の月は物凄《ものすご》い速さで終わって年が改まった。

王都での年末年始は夜会とか年越しパーティーだとか、あちこちで賑《にぎ》やかな催しが開かれる。広場では行商の市場がたち、旅芸人が芸や踊りを披露し楽団の音楽が鳴り響いて、とにかく賑やかなのだ。

一方、東部の年末年始は静かだ。年が改まるときは家族や親戚と共に自宅で過ごす、それが辺境の文化なのだそう。同じ国にあっても、中央と辺境では大きく違う文化はとても新鮮に感じる。それに、年末年始は家族や親戚と一緒に過ごすなんて、とても素敵な文化だと私は思った。

アストン伯爵領でも年末年始は家族で過ごすのが一般的で、私は初めてヨシュアだけではなくアストン伯爵とマーゴット様、息子のルイス様、アストン前伯爵夫人と共に年末年始を過ごした。

鶏肉を使ったパイ料理を主に豪華な料理の数々と秘蔵の果実酒、木の実と乾燥果物をたっぷり使って焼き上げたケーキが食卓に並ぶのがアストン風であるらしい。ちなみにケーキは大きく作って切り分けるのが伝統らしいけれど、最近は小さく一人前ずつ作ったりもするようだ。

治療院に入院していて家族と過ごせない人たちに、先々代の伯爵夫人が小さく作ったケーキを差し入れたのがことの始まり。マーゴット様が嫁いでからは、彼女の作ったケーキが毎年治療院に差し入れられているとのこと。

それを聞いたヨシュアの驚きようは凄かった。「おまえが菓子作りなど！」と本人を目の前にして言い放ち、軽い兄妹喧嘩《げんか》になってしまった。

前伯爵夫人がおっしゃることには、マーゴット様の作る年末年始のケーキは治療院では美味《おい》しいと評判なのだとか。形も花や星などに作られて、女性や子どもたちには特に好まれていると。

王都で生まれて育った侯爵令嬢であるマーゴット様。彼女が嫁いだ先は東部辺境にある経済的に苦労している伯爵家で、同じ国内といっても生活文化がかなり違っている場所だ。だから、なかなか馴染《なじ》めずに苦労するだろうと想像していたけれど、その想像は間違っていたらしい。

伯爵様との仲も良好そうだし、この地域の習慣や文化も受け入れている様子だ。それに、王都で見かけたときよりも落ち着いていて、お顔も穏やかに見える。辺境での生活で余分な力が抜けたのかもしれない。良い方向に変わられたようで、安心した。

でも、ヨシュアとマーゴット様の言い合いだけは変わりなく激しい。この兄と妹が穏やかに会話できるようになるには、もう少し時間かかかりそうだ。

翌日、治療院の別館に向かいヨシュアはウォーレン卿に治癒魔法をかけた。この別館に運び込まれてから十日ほど、ウォーレン卿の体は回復に向かっている。上半身を自分で起こせるようになり、両手の機能も無事に回復。ケガが一番酷《ひど》かった右足はまだ動かないけれど、左足は動くようになってきている。

「……」

着実に回復してきているし、この先も魔法による治療と薬の使用、機能回復訓練を続ければ歩けるようにもなるだろう。でも、ヨシュアの表情は晴れない。

「ウォーレン卿、あなたの細君はいつになったらこちらへ？」

「……さて、どうなんだろうな？」

「茶化している場合ではないのですがね、ここから先の治療に関しては魔力相性のよい細君の治癒魔法が必要になって……」

コンコンとノックの音が響き、顔を見せたのはマーゴット様だった。彼女は常々治療院に入院している子どもたちへお菓子を差し入れし、本の読み聞かせなどの慰問を行っているのでその途中なのだろう。

「お兄様、お客様よ。それとお手紙も届いたわ」

マーゴット様は一通の封書をヨシュアに手渡し、道を開ける。廊下の奥から姿を見せた人物を見て私は思わず声を上げてしまった。

「コーディ兄さん！」

「久しぶりだな、リィナ。おまえは辺境伯領都にいると思っていたよ、まさかこっちに来ているとは。

旦那に無理やり連れて来られたのか？」

黒騎士として同じ師匠を持つ兄弟子のコーディ・マクミラン卿とハグを交わす。抱きしめられたときに、騎士服に付いた飾りや勲章、騎士章が腕や顔に押し付けられて少々痛いのはご愛嬌《あいきょう》だ。

「無理やりだなんて、夫婦だから一緒に来るものでしょう」

「単身赴任という言葉を知っているか？　……なんにせよ、おまえが元気そうで良かった」

「コーディ兄さんも」

お互いの背中を軽く叩《たた》いて、頬をくっつけ、再び強く抱きしめ合ってから離れる。すると、コーディ兄さんの肩越しに苦い葉っぱを大量に噛《か》み締めながら、頭痛と歯痛の両方を堪えているかのような顔をしたヨシュアと目が合った。

「……いつまでハグをしているんですか」

「まさか、こんな嫉妬深い男だとは知らなかった。意外だよ」

「返してください」

「なんて狭量な」

コーディ兄さんは呆《あき》れたように笑うと、私をヨシュアの方へ優しく押しやった。私がヨシュアの腕に捕われている間に、コーディ兄さんはウォーレン卿が横になっているベッドを覗《のぞ》き込む。

「なんだ、やっぱり生きてるじゃないか」

「生きていたら、いけないか？　そもそも、なにしに来たんだ」

「俺はおまえの生死を確認しに来ただけだ。で……」

ウォーレン卿の生死を確認しに来たというコーディ兄さんは、視線をマーゴット様に向けた。すると彼女は小さく頷《うなず》いて、興味津々にこちらの話題を窺っているノラに手招きをした。

「ノラさん、本館の談話室で慰問会を開いています。お菓子と飲み物があり、旅芸人の一座が手品や演劇を見せてくれる予定です。あなたもいらっしゃい」

「……お菓子？　演劇？　え、でも、私ここの領民じゃないし」

「構いません。領民でなくても、今あなたはこの治療院に入院している子どもですから」

再度手招きされ、ノラはベッドから降りた。談話室に用意されているというお菓子や飲み物は欲しいし演劇や手品も見たい、でもここでの話の内容も気になっているのが丸分かりだ。

「行ってらっしゃい」

「行ってきなさい」

「行って楽しんでくるといいよ」

「行け、クソガキ！」

私たちそれぞれに談話室へ行くよう言われて、ノラは唇を水鳥のように尖《とが》らせて少々不貞腐《ふてくさ》れた様子を見せながらも、マーゴット様と大部屋を出ていった。

「……それで、なんで直接生死の確認をしに来たんだ？」

ウォーレン卿が唸《うな》るように言うと、コーディ兄さんは大部屋の隅にあった椅子をベッドの脇に移動させてから座り、足を組んだ。

「黒騎士ウォーレン・アッシャーの生死を、直接確認しなくてはならなくなったからだ。現在、騎士団の中でおまえは〝生死不明〟の扱いになっている」

「な、なんで……⁉」

私は思わず声をあげてしまった。

ウォーレン卿は竜討伐の最中に崖上から転落し、崖下の川に流された。その時点では生存が確認取れないでいるのだから、〝生死不明〟扱いなのは納得だ。けれど、ライベリー村で救助されてからすぐ、ヨシュアが着任していた砦《とりで》とアッシャー伯爵家には連絡を入れている。

「砦におまえの無事が報じられ、砦の責任者である大隊長は騎士団にもその旨を報告している。大きなケガをしていて動けないようだから、細君におまえの元へ行き治療することも依頼した。おそらく、補佐官殿も似たようなことを手紙に書いただろう」

コーディ兄さんの言葉にヨシュアは首を縦に振った。

「魔力相性の良くない私の治癒魔法では、治癒までに時間がかかる。細君の治癒の方が体に負担もかからないし、回復も早いだろうと」

「きっと、その手紙にアッシャー伯爵家からの返事が書かれているよ」

ヨシュアは先ほどマーゴット様から受け取った封筒を開けて、中の手紙に目を通した。そして、大きく眉を顰《ひそ》める。

「アッシャー伯爵様はなんと？」

「……娘婿、ウォーレンは竜討伐で負ったケガが元で死亡とする、と。以後の治療は不要とし、次期当主でもあるクローイ夫人がアストン領に治療に出向くこともない。黒騎士団にも死亡として届を出したようだ」

　私は言葉も出なかった。

　今、ウォーレン卿はちゃんと生きているのに、死んだことにする？　竜と戦って生き残ったというのに。家族がそれを望まないような態度をとるなんて、どうして？

「砦も騎士団もウォーレン卿は負傷しているだけで生きている、そう認識していた。ところがアッシャー伯爵家からは死亡届が提出されて、一体どうなってるんだ？　となったわけだ。ウォーレン・アッシャーは生きているのか死んでしまったのか……それを俺が確認しに来たってわけだ」

　コーディ兄さんはヨシュアからアッシャー伯爵様の手紙を受け取って内容を確認すると、呆れたように肩を竦《すく》めた。

「まあ、そうなるんじゃないかって思っていた。義父殿が死んだことにして俺を切り捨てると決めたのなら、あの家ではそうなる……きっと俺を切り捨てるだろうと思っていた」

　それを当然のように受け入れるウォーレン卿の発言に、私はまた言葉が出ない。

「コーディ、おまえがここに到着する前日に俺はケガが原因で死亡していた、そう砦と騎士団に報告してくれ。悪いが、遺族年金と遺族への見舞金の手続きをしてほしい」

「それで、いいのか？　クローイ夫人と子どもたちはどうなる」

「どうもならんさ、俺がいなくてもあいつらは変わらずアッシャー家で生活していくだけ。妻との関係は悪くない、上手くやれていた……が、妻は義父殿に絶対逆らわない。アッシャー家では当主である義父殿の決めたことが絶対で皆それに従う、そういう家だからな」

「……」

重たい沈黙が大部屋に落ちた。

それぞれの家にそれぞれの事情もあればやり方もある、長く続く貴族の家ならその傾向は強くなる。それは私も知っている、更に他家のお家事情に口を出すことがご法度であることも。

「分かった、おまえの言うようにしよう。それと、補佐官殿には別件で話があるんだ」

コーディ兄さんとヨシュアは大部屋を揃《そろ》って出て行き、ウォーレン卿と私が部屋に残された。

私はレレモの果実水をコップに注ぎ上半身を起こしたウォーレン卿に差し出して、コーディ兄さんが座っていた椅子に座る。

「本当にいいのですか？　自分を死んだことにしてしまって」

「構わん。その方がいい」

「どうして、そんなことを」

ウォーレン卿は果実水を半分ほど飲み干し、私をジッと見つめた。

「俺はここ一年ずっと東部辺境の砦にいる。一度も王都に戻ったことはないし、妻と子どもたちにも会ってない。その意味が分かるか？」

黒騎士が全国各地にある砦に勤務するのは通常の任務だ。けれど、その任務期間は長くてひと月程度で別の黒騎士と交代して王都へ帰り休暇を貰《もら》う。そして休暇が終わればまた別の任務が入るのが基本だ。そんな長期間休暇もなく砦での任務を続けるなんてあり得ない。

「懲罰任務中なんだ、俺は」

「懲罰って、なにをやったんです？」

「……おまえを筆頭に、平民出や男爵、子爵なんかの下級貴族出身の騎士たちに差別的な行為をしたって、そういうことだ」

「あ……」

私が黒騎士団を退団した後、王太子殿下のご命令で王国騎士団全体が大幅に見直された。騎士団内部の監査が入り、大勢の人が捕まったり罰を受けたりしている。ウォーレン卿もそのひとり。

「俺が婿入りしたアッシャー伯爵家は、代々上級白魔法使いを出す名門だ。白魔法使いであることが全て、次代に優秀な白魔法使いの血を繋《つな》ぐことが全て。あの家にとっては黒騎士の血なんて必要ない、俺は魔力量の多い子どもを作るための存在でしかない」

「そんな……」

「妻と俺の間には子どもが二人いるが、どっちも白魔法使いとしての才能を受け継いでいて、もう一人、妻の腹の中で育っていたのが生まれただろう。三人も孫ができた今、義父殿にとって俺はもう役目を終えた者で、さらに不名誉な懲罰任務をくらうような不出来な奴《やつ》は足手纏《あしでまと》いでしかないんだよ。さっさと切り捨てるだろうと思った」

残りの果実水を飲み干し、グラスを向けられたので私は水差しから果実水を注いだ。

「そんな顔するな。さっきも言ったが、妻との関係は悪くないんだ……けどな、あの家と親族の中では懲罰任務についた俺が傍にいることで、妻も子どもたちも立場が悪くなる。それなら、討伐任務中に夫を亡くした妻とその子、の方がいい。見舞金も年金も受け取れる」

「ウォーレン卿」

「……最初は、おまえを恨んだ。平民のおまえに危険な任務を回したり、雑用を押し付けたりすることは当然だと思っていたからな。おまえや他の下級貴族出の奴らが苦戦しようが、ケガをしようが気にもしてなかった」

私は膝上に置いた手を握った。私が黒騎士として現役だったころ、伯爵から上の家出身の先輩黒騎士たちからはかなり理不尽な扱いを受けた。思い出せば今でも苦しい気持ちになる。

「王太子殿下や総団長から指摘と叱責《しっせき》をされて、罰を受けることになったときも全く理解できなかった。どうして平民や下級貴族に雑仕事をやらせたら駄目なのかって。俺は竜を狩るのが任務だ、平民の青騎士どもと一緒に魔獣を狩るなんて、そんなことは俺の任務ではない。……懲罰任務として東部辺境にある砦を転々としながら、竜は勿論《もちろん》だが、青騎士たちと魔獣の討伐任務もこなした。更に以前は黒騎士だからと免除されていた雑務が、懲罰任務だとたっぷり割り当てられる」

「雑務、ですか？」

「掃除、洗濯、武具の手入れ、訓練場の後片付け。料理の下拵《したごしら》え、草むしりや、畑で豆や芋の収穫なんてものもあった」

私も砦に任務として滞在していたときは掃除や野菜の皮むきなどを手伝っていて、なんだか懐かしい。

砦ではいざというときのために畑を作っていて、そこで日持ちのする根菜類や豆を栽培している所が多い。立派に育ったお芋や豆の収穫はとても楽しかった覚えがある。でも、輝くような金髪に深い青色の瞳、貴族らしい整った顔立ちのウォーレン卿が、畦に作られた畑でお芋や豆を収穫しては籠に入れているなんてちょっと想像がつかない。

「新人の青騎士見習い、要するに平民の子どもに交じっての作業だ。しかも、あいつらの方が豆を早く多く収穫する。時間がかかり過ぎだと、馬鹿にされたよ」

「彼らは慣れていますからね」

「俺の貴族としての生まれや立場なんて、あの場ではなんの力も意味もない。それを思い知らされたとき、初めて知った。貴族と平民の立場の違い、考え方の違い、常識の違い……おまえや下級貴族の黒騎士たちにやらせていたことが、当然のことではなかったということも」

ウォーレン卿はそう言い、果実水を一気に飲み干して頭を勢いよく下げた。

「……悪かった」

「え？」

「俺が何気なく口にした言葉で傷つけただろう、押し付けた任務でケガをしたこともあっただろう。今更だとは分かっている、だが……謝罪する。すまなかった」

貴族の中には平民は劣った者で自分たち貴族こそが人である、上級貴族になればなるほど尊いのだという考えを持っている人たちが存在している。そういう考えの人たちを〝貴族主義〟とか〝血統主義〟と呼ぶ。黒騎士の中にも当然そういう主義の人はいて、ウォーレン卿もそのひとりだった。

「……謝罪は受け取ります。きっとウォーレン卿の育った環境では、平民は劣った人間で貴族のために働くことが当然である、それが当たり前の常識だったのだと思います」

「その、通りだ」

「生まれてから三十年以上その常識の中で生きていて、自分の中にある常識が全てではないことを知って、平民や下級貴族出身の騎士にしていたことの意味に気が付いた。……それはきっとウォーレン卿にとって、天地がひっくり返るくらい衝撃的だったかと思うのです」

農家の娘として生まれ、平民として救児院で育った私にとっては、貴族としての生活や決まり事は同じ人間の世界とは思えなかった。だから、逆もまた然《しか》りなのだ。

「きっとそのことに気付いていない方もまだ大勢いらっしゃることでしょう。ですから、平民として生まれた者に対して謝罪してくださる、ウォーレン卿のお気持ちと謝罪の言葉を受け取りたく思います」

「……今更だが、本当にすまなかった」

「早くケガを治して、お元気になってください。先のことはそれから考えたらいいことです」

「リィナ卿、ありがとう」

そう初めて私の名前を呼んだウォーレン卿は笑った、ずっと〝おい〟とか〝おまえ〟とか〝そこの平民〟としか呼ばなかったのに。初めて見た彼の笑顔は、とても優しい。きっと奥様や子どもたちにはこんな顔をして接しているのだろう、人は……色々な一面を持っているものだから。

「俺に卿を付けて呼ぶのは止めてくれ。黒騎士ウォーレン・アッシャーは死んで、ここにいるのは戸籍もなにもない流民のウォーレンだ」

「……では、ウォーレン先輩と」

「先輩?」

私は頷いた。人生の先輩で騎士学校の先輩でもある、騎士団を退団したのは私の方が先輩ではあるけれど……七、八歳も年上の男性を呼び捨てにはできそうにない。

「騎士学校でも騎士団でも先輩ですから。ダメでしょうか」

「…………いや、いい。では俺は後輩と呼ぶことにする、おまえを呼び捨てにすると後が怖そうだからな」

「ええ?」

「……人の妻と見つめ合うのは、止めていただきたい」

ヨシュアの声がしたと思ったら、足早に彼がやって来て私の背後に立った。

「おいコーディ、こいつこんな嫉妬深い奴だったのか? 夫婦関係はもっと義務的な関係だと思っていたのに」

「そうなんだよなぁ。吹っ切れて素直な行動を取るようになったら、とんでもなく嫉妬深い粘着男だったんだよね。驚きだよ」

ウォーレン先輩の問いかけに対してコーディ兄さんが茶化すように返したので、ヨシュアの機嫌がますます悪くなっていっているのを感じる。ヨシュアは揶揄《からか》われるのが苦手なのだ。

「まあリィナはにぶちんだから、このくらいはっきり粘着してもらった方が分かりよくて、安心できるだろ」

「にぶちんだなんて、酷いです」

そう言ってヨシュアを見上げれば、彼は優しく笑ってくれた。

一瞬だけ空気に呆れたような感じが混じったような気がしたけれど、すぐに「おまえが幸せならそれでいいよ」と苦笑いが大部屋に満ちた。

＊　□　＊

「分かった、おまえの言うようにしよう。それと、補佐官殿には別件で話があるんだ」

コーディ卿はそう言うと、私に視線で〝こちらへ〟と合図する。リィナを平民に対して良い印象を持たず横柄な態度を取るウォーレン卿とふたりにしてしまうが、相手はまだ足が動かせないケガ人だ。なにか言われても、リィナが部屋を出ればいいだけだ。大丈夫だろう、そう判断し部屋を出る。

場所を変えた先は治療院別館の診察室だ。

「それで、別件の話とは？」

「ライベリー村の現状と疫病の状況、一番正確に把握しているのは補佐官殿だろう？　ウォーレン卿の生存確認をしに来たわけだが、それだけを確認しに来たんじゃない」

「……砦の大隊長ですか？」

コーディ卿は診察用の椅子に座ると首を縦に振った。

辺境伯領にある砦にコーディ卿とウォーレン卿、そしてもうひとりの黒騎士が現在任務として滞在している。その砦は辺境伯領にあるがアストン伯爵領の領境に近くライベリー村とも遠くない。

隣の領地、とはいっても近隣の村だ。そこで感染する疫病が発生して村人が倒れていると聞けば、様子を窺いたくなるもの当然だろう。

「ライベリー村は現在、疫病に罹患している者が……」

現在のライベリー村の状態の事実だけを話して聞かせた。コーディ卿は時折頷きはするが口を挟むことなく話を聞き、両腕を組んで天井を見上げる。

「……心配せずとも現在の疫病は村の中、しかも治療場所としている建物の外には漏れていません。治療は進んでいませんが、今後病が村の外に出ることも砦に影響を与えることもないでしょう」

「うん。そこは心配していないよ」

「ではなにを気にして？」

「そうじゃないんだ。大隊長はライベリー村に対して、近隣の砦としてなにが援助できるのかを知りたかったんだよ。足りない品があるとか、困っていることがあるのなら手助けしたいって」

「そうでしたか。援助いただけることは有難いです」

「うん。で、個人的に気になっていることがあって」

天井から視線を戻したコーディ卿は、やや前のめりの体勢を取った。

「疫病の原因さ」

「それは……」

疫病の原因解明は絶対必要なことだ。ライベリー村への食糧品や生活用品の配給が大まかに終わり、残りは疫病にかかっている村人への治療と疫病の原因究明。原因が分かれば、対策を講じる。

現在はそういう状況だ。

「原因に心当たりでも？」

「……竜が関係してるんじゃないかって、思ってる」

「竜、ですって⁉」

コーディ卿は人さし指を口の前に立てて「しーっ」と小さく言った。

「今のところは俺の想像だね。だから、確認したい。補佐官殿はそろそろ村に行くだろう？　そのとき一緒にライベリー村に連れて行ってほしいんだ、それをお願いしたくって」

ニコリという表現がぴったり当てはまるような笑顔をコーディ卿は浮かべた。

この黒騎士はリィナとは師匠を同じくする兄弟子。師匠であるアレクサンドル卿を親とし、兄と妹という疑似的な家族を作っている……そこに絆《きずな》はあっても血の繋がりはない。それだというのに、コーディ卿の笑顔がリィナの笑顔に被って見えた。

妻の笑顔に大変弱い私は、無意識に首を縦に振っていた。


二日後、ライベリー村へ向かう馬車の中にはリィナと私だけではなくノラという娘が乗っていた。

コーディ卿は騎馬で馬車の先頭を進み、後ろには冬物の衣類や寝具と食料品の載った荷馬車が続く。

「なぜ、キミが？」

この娘がライベリー村へ行く馬車に乗っていることの理由が全く理解できない。遊びに行くわけではないというのに、まるでピクニックにでも行くかのような雰囲気だ。

「だって、治療院にいても退屈なんだもん。それに、あのオッサンも出かけてこいって言うし」

「ウォーレン殿が？」

「あの人……夜眠れてないんだよ。なんか、色々悩みがあるみたいでさ。夜眠れないから、昼間眠くなるみたい。……なんか、やっぱりひとりになりたいんじゃない？」

メルト王国黒騎士ウォーレン・アッシャーは死んだことにする、そう決めたのはウォーレン殿自身だ。彼の婿入り先の事情や騎士としての事情など様々なことを考えての判断だと思っている。子どもではない、立派な大人である彼自身が決めたのだからそれを尊重する。

だが、そのことと気持ちの整理がつかないことは別問題だろう。ひとりで考える時間も、睡眠をとる時間も必要不可欠だ。

「そうか」

「だからさ、邪魔しないから連れてってよ」

「……ノラちゃん、お仕事している人の邪魔はしないこと、村の外に勝手に出ないこと、立ち入り禁止の場所には絶対入らないこと、なにかあったらすぐに知らせること。約束だよ？」

リィナが言い、すぐに「分かったよ～」とノラは笑顔を浮かべた。良くも悪くも素直な娘だ。

そして幸いリィナの言うことには素直に従うようなので、ウォーレン殿のためだと思いそのまま連れて行くことにした。

自由気ままにリィナと私を相手に菓子の話や、慰問会で見た演劇と手品の話をするノラ。彼女の会話に相槌《あいづち》打っていたため（無視するとしつこく絡んでくるのだ）、私は道中で擦れ違った馬車の家紋を見落としていた。

＊　■　＊

　ライベリー村への訪問は二度目になるのだけれど、初回に比べて雰囲気が大きく変わっていた。以前は沈んだ暗い雰囲気が漂っていたけれど、今は活気が戻ってきている。村人たちは笑顔を浮かべて村の共有窯でパンを焼いたり、洗濯場で衣類を洗ったりしている姿が見られた。

「あれから新しい罹患《りかん》者は出ていないし、おそらくあの病が簡単に感染するものではないらしいと分かってからか……村人たちの気持ちに余裕ができたようだ」

　辺境伯様や伯爵様から食料や衣料品などの物資援助が入り、東方騎士団の騎士たちが交代で村周辺の警備に当たり（これは村人が指定区域から出ないようにとの監視の意味もあったに違いない）魔獣に襲われる心配もない、さらに病気もこれ以上広がらないようだとなれば……村人の気持ちが楽になるのも当然だろう。

「そういえば、リィナ。ウォーレン殿とこの娘が流れ着く前に森を見たい、と言っていたな」

「見てきてもいいですか？」

　運んできた衣類、寝具と食料品をライベリー村の代表であるジェフ代表と、村民たちと打ち解けてすっかり村の一員のようになってしまった東方騎士団の騎士たちが確認しているのを見守りながら、ヨシュアにお伺いを立てた。すぐ横にいたコーディ兄さんが「俺も森に行きたい」とすかさず言う。

「森は病に罹患した村人が行っていた場所だから、確認する予定でもあるから構わないが……理由を聞いても？」

「匂いがしたんです」

「匂い？」

「……前回私がここにお邪魔したとき、森の方から風に乗って匂いがしたんです。竜の匂い」

ジェフ代表とノラちゃんが「竜⁉」と口を揃えて叫び、周囲をきょろきょろと見渡す。

「生きた竜はいませんから大丈夫ですよ、匂うのは竜が死んでしまってからです。それに、匂いは薄かったです」

「死んだ竜が匂う、のですか？」

「はい、煮詰めた蜜みたいな甘い匂いがします。死亡した竜が甘い匂いを発生させる理由は分からないのですが」

バインの木の種ガラを拾ったり、マロムの実やきのこを採ったりするために村人がよく歩くのだという道は、土が踏み固められている。敷石などの舗装はないけれど、道として誰もが認識できるくらいには出来上がっている。

ライベリー村の北側にある森を構成する木は七割程度がバインの木で、ツンツンと針のような葉が寒い季節である今でも青々としていた。あれだけバインの木が生えていれば、種ガラもさぞたくさん落ちていることだろう。

村から伸びる森へと続く道をゆっくり歩けば、後ろからヨシュアとジェフ代表、さらにノラまでついて来た。

道の両脇には木柵に囲われた畑が広がっている。右側には背の低い常緑の木が整然と植えられていて、左側は春の種まきを待っている畑。低木からとれる実は秋から冬にかけて収穫されて、油を搾る。畑には春になれば黄色い花の咲く植物の種が撒《ま》かれる。黄色の花は布を染める原料になり、葉と茎は村人の食糧になるとジェフ代表が教えてくれた。

疫病が発生した村跡地に近い、というだけで人の口に入るものを作っても販売には繋がらないらしい。染め物の原料や汎用性のある植物油を作り、食用の作物は村人が自分で食べるものに限られているとのことだ。

この村だけじゃない、アストン領全体が復興の階段を上っている最中なのだ。それが目の前に広がっているように感じた。

歩くこと十五分ほど、単純に村人からは〝森〟と呼ばれる場所へ到着する。村から見る限り森と呼ぶには小さいと思っていたけれど、近くに来ると想像していたよりもずっと大きい。

コーディ兄さんが先頭きって森の中に入り、その後をノラちゃん、ジェフ代表、私、ヨシュアと続く。

バインの木を始めとしてこの森の木は背が高く幹も太く立派なものが多く、森の中は晴れた昼間だというのに薄暗い。足元には枯れた木の葉と小動物が好んで食べる小さな木の実、バインの種ガラがたくさん落ちている。森に入ってすぐの場所でこれだけたくさんの種ガラがあるのなら、子どもたちや付き添いの大人たちも、森の奥までは入っていないのかもしれない。

森に入って数分、進んでいた道が途切れていた。道の右側にあった土の壁が崩れて、道をふさいでいる。

「土砂崩れか？」

「今はこの先に行くことができません。以前はもっと森の奥まで行けたのですけど、大雨が原因で土砂崩れが発生しまして、道がふさがれてしまったんです」

森の道の右側は元々土が小山のように積もっていて、その上をバインの木や他の低木や雑草で覆われていたらしい。左側には木が密集していて通り抜けることは難しい。木の密集地帯と小山を避けて回り込むように道が出来上がっていたのだけれど、小山が崩れて道がつぶされたせいて、これ以上先には進めそうにない。

魔道具か飛行系魔法を使えば土砂の山を越えられるけれど、村の人たちが越えることは難しいだろう。

「この土砂崩れはいつ頃？」

「秋に入った頃でしょうか」

「では、村の人たちが疫病にかかったときはもうすでにこの道はつぶされていた？」

ヨシュアが尋ねると、ジェフ代表は首を縦に振った。

「そうなります」

「……」

コーディ兄さんはスンスンと鼻を鳴らしながら、腰から剣を外してその先で崩れた土山を突き始めた。ザクザクと土に鞘《さや》がささる音がして、湿った土の匂いと共に甘い匂いが漂った。ライベリー村に初めて来たときに鼻をかすめた匂い。

「コーディ兄さん！」

「……ああ。代表とお嬢ちゃんは離れていて、具合悪くなりたくなかったらね」

二人が距離を取ったのを確認してから、コーディ兄さんは本格的に土を掘り返し始めた。土と大きめな石が転がって落ちて、甘い匂いがはっきりとしてくる。

「ねえ、アンタたちは大丈夫なの？」

ノラちゃんはハンカチで鼻を押さえ、ジェフ代表も鼻と口を手で押さえながらこちらの様子を窺っている。

「どうもこの死んだ竜の毒って、古代魔法を使う黒騎士には効果がないみたいなんです。生きているときの竜の毒は効くんですけど、死んだ後は効かないのでコーディ兄さんと私は平気です。あ、魔法の素養があれば死んだ竜毒は効き難いのですけど……」

「では、私は大丈夫だ。しかし、この甘ったるい匂いは毒とは関係なく気分が悪くなるな」

ヨシュアは軽く咳《せ》き込んで、ノラちゃんと同じようにハンカチで口と鼻を覆う。

コーディ兄さんが土に突き差し入れた剣を右左と動かせば、固まっていた土がほぐれて崩れ始める。さらに大きく剣を左に傾ければ、土が大きく崩れて一層匂いが強くなり、薄紫色の塊が姿を現した。

「お？　これは……」

「……竜の、卵？」

卵の殻は薄紫色で、表面はザラついているように見える。今は一部分しか見えていないけれど、大人の一抱えもありそうなくらいの大きさだ。その頂点部分が欠けて中身が零《こぼ》れている。

「竜の卵だって⁉」

ヨシュアの言葉にノラちゃんとジェフ代表が息を呑《の》む。

「……その卵は生きているのか？」

「………いや、死んでいるな」

生きている竜の卵なんて見たことはないけど、この卵から命の持つ温かさを感じられない。卵の中で子竜が十分に育っていたならともかく、育つ前に割れてしまえばそのまま死んでしまうだろう。

コンコンと鞘《さや》の先で卵を叩いたコーディ兄さんは、騎士服のポケットから手帳とペン、携帯用の巻き尺などを取り出して竜の卵についての記録を取り始めた。右から左からと観察して大きさと形を計測し、細かく絵姿を描いていく。

竜の研究を独自でしているコーディ兄さんにとって、竜の卵は貴重な研究材料だ。気が済むまで記録し、考察するまでこの場から動かないだろう。夢中になると周囲が見えなくなるのだ。

「死んでいる卵だから、竜の毒になったのではないでしょうか？　卵だから毒性も弱い、のかな？詳しいことは分かりませんけど、この卵の毒で村の皆さんは体調を崩されたのでは？」

「大雨が降って土砂崩れがあったのは秋、村の子どもと家族が体調を崩したのはその後。ということは、ずっとここに埋もれていた卵が土砂崩れで表面近くに掘り起こされ、何らかの衝撃で割れて中身が流出。それで竜の毒が周辺に広がった、と」

「おそらくは、そういうことではないかと」

竜の角、牙、爪、鱗《うろこ》、稀《まれ》に胃の中にできている竜丹以外の部位は毒になる。どんな種族の竜でも死亡した後、その血肉は強烈な甘い匂いを伴って毒素を放つようになるのだ。騎士たちはそれを〝竜毒〟とか〝竜の毒〟と呼んでいる。

その竜毒を押さえ消すことができるのが、黒騎士の使う浄化の古代魔法とロンタスの花を入れて作られる蒸留水だ。

ロンタスの花は水が綺麗《きれい》な湖に咲く花で、水面に大きくて丸い葉を茂らせてピンク色の丸い花を咲かせる。その花の花弁から抽出されるオイルには強い浄化作用があり、竜の毒を薄める効果が認められているのだ。

竜の解体作業は黒騎士が行う規則になっていて、携わる騎士は二人から三人以上が好ましいとされる。さらにロンタスのオイル入りの蒸留水も砦から樽《たる》で運び込まれて、血で汚染された地面や水を浄化するのに使われる。竜毒は、きのこや植物、鉱物などから作られた毒とは違って古代魔法による浄化かロンタスの蒸留水が必要不可欠。

村人の体調不良の原因が竜毒なら、治療方法は単純だ。ロンタスのオイル入りの蒸留水と同じくロンタスのオイルと花粉と根から作られた丸薬を飲んで、体内から毒素が抜ければ回復する。

「じゃあ、今病に倒れている者たちは……」

ジェフ代表の声は喜びに震えている。

黒騎士と共に解体作業にあたり、慣れているはずの青騎士でも体調を崩してしまう人がでるくらいには、竜毒は毒性が強い。子どもたちとその家族が、きのこや種ガラを集めている間に薄いとはいっても毒素を含んだ甘い匂いのする空気を吸ってしまったのなら、体調を崩すのも当然だ。

「治りますよ。大丈夫です」

「おお！」

「丁度、砦から援助の話を貰っている。ロンタスの蒸留水も丸薬も砦に備蓄されているはずだから、分けてもらえるように手配しよう」

「おお、おお……ありがとうございます！」

「良かったな〜、オッチャン」

体調を崩した村の人たちも治療を受ければ回復するし、彼らが回復すればライベリー村の疫病騒ぎは終わるだろう。村への出入りも自由にできるようになるし、穏やかな日常が戻ってくる。

あとは、竜の卵の始末をつけるだけだ。

「うーむ、そうか……ああ、卵が生きていてくれたら、もっといろいろと分かったのに」

兄弟子は心底残念そうに物騒なことを言った。

竜の卵が生きている状態で発見されるなんて、その場に親竜が飛んでくるに決まっている……しかも両親揃ってだ。竜の雌雄は一度番《つが》うと生涯を共にして、一年に一個から二個の卵を産んで番で子どもの面倒を見るらしい。案外子煩悩なのかなと想像するけれど、私の記憶にある竜はどの個体も怒りに満ちて戦う気満々の状態ばかりなので、想像は上手くできない。

「よし、こんなものだろう。卵の浄化を行うよ」

コーディ兄さんが卵に手をかざすと、竜の卵を取り囲むように薄水色の小さな魔方陣が六個浮かぶ。魔方陣は光り輝き、その光は徐々に強くなって竜の卵を包み込む。そのまま待つこと数分、光りは徐々に弱くなって光の中に消えていた竜の卵が姿を見せる。

それは薄紫の色をなくし、灰色に変わっていた。そして、花弁が散るように崩れて卵の形を失い消えてしまった。念のためと、ベルトに付いたポーチから黒騎士ならば携帯している小さなロンタスの蒸留水を卵があった場所と、零れた中身周辺に振りかける。

これで、竜の卵の浄化作業も終了。

「……そういえば、これ」

コーディ兄さんは小道の右側にある小山に大きく剣を突き刺し、何かを掘り出した。土が崩れ、小山に根を張っていた雑草が倒れて……その下から大きな白い物体が顔を出す。

「これは、もしかして……」

ヨシュアが近づき、白いそれを手にした。

「竜の骨、だね」

「「え？」」

ポロッとヨシュアの手から竜の骨の一部が落ち、ヒュウウッと冬の冷たい風が森の中を吹き抜ける。

「それから、これも」

コーディ兄さんは「竜の骨の近くに落ちていた」と、角を丸く面取りした小さな鉄板をヨシュアの手に載せた。汚れていて本来の光沢を失っている鉄の板は、傭兵たちが身に着けている身分章に見える。鉄の板には名前、生年月日、出身地、所属している部隊やギルド名などが刻まれているのだ。それを革ひもやチェーンに通して首から下げている人が多い。

「人骨みたいなものも散らばっている、数からして一人二人じゃないぞ」

「……ケ、イレブ、か？　傭兵のようだな、傭兵団の名前が入っている。だが、傷付いていて上手く読み取れないな……紫？　の、なんだろう？　風かな」

「嘘《うそ》っ！」

距離を取っていたノラが走り寄って来て、右手でヨシュアの手から身分章を奪い取った。ノラの顔は真っ青だ。

「嘘……嘘……」

「ノラちゃん？」

ノラは指で身分章の汚れを何度も拭い、目を見開いた。

「爺《じい》さん……」

再び冷たい風が森の中を吹き抜ける。その風にもう甘い匂いはなく、バインの木特有の爽やかな乾いた風の匂いがした。

＊＊＊

竜の骨と人の骨の発掘、ライベリー村と森の浄化作業の報告と手配をするため、私たちはアストン領都へと戻った。コーディ兄さんとヨシュアは各種打ち合わせとその手配のために領主館に入り、私は激しく動揺しているノラを治療院へと送る。

「到着したよ、ノラちゃん」

「うん」

すっかり元気をなくしてしまったノラは、俯《うつむ》きながら別館に向かって歩き出す。とぼとぼ、という表現がぴったりくるほどだ。元気に満ち溢《あふ》れ、年上の男性だろうが貴族だろうがお構いなしだった彼女が沈んだ様子を見るのは胸が痛い。

見つかった身分章はノラのおじいさんのもので、恐らく発見された人骨の中のひとりがおじいさんなのだろう。

「大丈夫、ありがと。爺さんが生きてるかもって思ってたけど、同じくらい死んじゃってるだろうって思ってた。だから仇討ちしたかったんだし。ここで爺さんが死んだんだって、はっきりして良かった……もう変な期待はしなくて済むからさ」

「ノラちゃん」

「でも、今日はちょっと疲れたから……休むね。ありがと、おやすみ」

ノラは手を振って、足早に治療院別館の中に入っていった。私は彼女にかける言葉が見つからなくて、ただその後ろ姿を見送っていた。

「……あなたがリィナさん、かしら？」

治療院の本館と別館の間にある中庭、本館側にある入り口からここに至るまでの道からやって来たのは、ひとりのご夫人だった。美しいホワイトブロンドの髪、宝石のように輝く大きなヘーゼルの瞳、日焼けもシミも傷もない肌、艶っぽく輝くふっくらとした唇、身を包むのは濃い緑色のドレープが美しい豪華なドレスに白い毛皮のケープ……どう見ても貴族のご夫人だ。

「はい」

「良かった、なかなか会えないのですもの」

ご夫人は私のことを知っているけれど私はこの方を知らない、それに東部辺境で暮らしている貴族でもなさそう。東部辺境に暮らしている貴族のご夫人は、辺境伯様の施政方針に従って質素を心がけているため、パーティーや公式の場でもなければ豪華なドレスを着たりはしないから。

「あの、失礼ですが……どちら様でしょうか？」

「まあ！　わたくしが分かりませんの⁉　そんなこともお分かりにならないなんて、子爵になったとはいえあなたはヨシュアの妻でいる資格はありませんわよ。全く、いくら黒騎士を増やすためとはいっても魔力相性だけで結婚を強制するなんて、酷い決まりごとですこと」

豪華な毛皮のケープを揺らし、ご夫人は大きく息を吐いた。

「えっと……あの……」

「グランウェル侯爵家の中で、リーウェル子爵家がどんな立場の家になるか……あなたはご存じではないのね！　だからそんなぼんやりとしていられるのだわ」

そこからご夫人は私がいかにヨシュアの妻として不出来であるか、不釣り合いであるかを教えてくださった。身分のこと、黒騎士を辞してもまだ一緒にいることの無意味さ、古代魔法の才能を持った子どもを産み育てることを望まれての結婚であるというのに、四年たっても子どもを一人も産んでいないことなど、内容は多岐に亘《わた》る。騎士時代にいかに平民が卑しい存在であるか、を教えられていたので聞き流すことは慣れている、けれどさすがに胸に痛い。

「聞いていらっしゃるの、あなた⁉」

「はい……」

そろそろ日も落ちようとしているし、温暖な東部地域でも一の月は冷える。体が大きく震えるくらいには体が冷えてきた。

「……お母様？　ああ、こんな所に！」

ご夫人がやって来た道から、十歳くらいのご令嬢が姿を見せた。母親譲りのホワイトブロンド、瞳は濃い緑色でお人形のように可愛らしいご令嬢だ。顔立ちもよく似ている。

「まあ、ロッテ。馬車で待っていなさいと言いましたのに」

「お母様がいつまでたってもお戻りにならないのですもの。それに、お父様にもまだお会いできていませんのよ」

「そうね。館にお戻りになったようですし、お父様にお会いしなくてはね」

父親を訪ねて来たというのに、私に会いたくてあれこれ文句を言ってきた理由がさっぱり分からない。私はつい、首を傾《かし》げてしまった。

「不思議そうなお顔をしていらっしゃるわね？　まあ、それも当然でしょうけれど」

「え？」

「あ、もしかして、あなたがお父様の今の奥様なの？」

「え？」

可愛らしいご令嬢は真正面に立って、小首を傾げて私を見上げた。

お父様の今の奥様？　私が？　私の夫が、この可愛らしいご令嬢の父親だと？

ヨシュアが父親？　このご令嬢の？　ヨシュアの娘？

目の前が真っ暗になるような、そんな感覚が全身に満ちた。

「早くお父様を解放してね、わたくしのお父様なのですもの。お母様とお父様と、早く三人で暮らしたいと思っているのよ、お願いね。早くお父様をお母様とわたくしの元に返して」

ニコニコとご令嬢は愛らしい笑顔を私に向ける。これがごく普通の挨拶であったのなら、素直に可愛いご令嬢だと思えたけれど……私の目には、可愛らしい顔をした不幸の使者のようにしか見えなかった。

四章　辺境の地の夫婦と続く縁と辺境の女王

メルト王国歴787年

「リィナさん！」

大きな声で名前を呼ばれ、ハッと我に返ると目の前にはマーゴット様がいらした。場所も治療院の中庭ではなく、アストン伯爵様の暮らす領主館にある一室だ。

お屋敷の奥にある私的なティールームは布張りの椅子が四脚と対の丸テーブルがあり、極親しい友人や親戚、家族との語らいの場として利用される部屋だと記憶している。

私は炎が揺れる暖炉の近くにある椅子に座っていた。膝には柔らかなひざ掛けがかかり、テーブルには小さな焼き菓子とティーセットがすでにセットされている。

「あ、マーゴット様。どうかされましたか？」

「……どうかされたのはあなたの方だわ。冷え込む治療院の中庭でぼんやりしていて、話しかけてもなんの反応もなかったのだもの」

「そう、でしたか。すみません」

治療院の本館と別館の間にある中庭、そこにいたことは覚えている。見知らぬご夫人とご令嬢にいろいろ言われたことも覚えているけれど……そこからどうやって領主館に戻ってきたのかは覚えが全くない。

「謝ることはありませんわ。どうせあの女と娘に好き勝手おかしなことを言われたのでしょう？　本当、腹の立つこと！　お兄様たちがライベリー村に出発してからすぐ、入れ替わりのように突然何の前触れもなくやって来て、お兄様に会わせろとしつこく言ってきかなくて。ああ、もう心配はいらないわ、わたくしが追い払ってやりましたもの」

マーゴット様はそう言って自らティーポットのミルクティーを淹《い》れ、その上にマシュマロをひとつ浮かべて私にくださった。それを受け取ると甘い香りが鼻を擽《くすぐ》って、一口含めば温かさと優しい甘みによって体の強張《こわば》りが溶けていくのを感じる。

「あの、先ほどのご夫人とご令嬢はどなたでしょうか？　恥ずかしながら、存じ上げなくて」

「あなたが知らなくても当然だわ。あの女は他国の貴族と結婚して、国を出ていたの。それも十年も前にね」

「なるほど」

「あの女の名前はフローレンス・ベイリアル、お兄様の元婚約者よ。お兄様との婚約が白紙になった後、彼女は北の隣国ウルクーク王国の貴族の元に嫁いだの。ああ、離縁して出戻ってきたのだから、姓はウーリーに戻ったわね。娘はリーゼロッテといったかしら？」

ヨシュアには婚約者がいた。事情があって、その婚約はなかったことになったとも聞いている。彼女がその元婚約者、名前はフローレンス・ウーリー。

フローレンス・ウーリー？　彼女の顔を見るのは初めてだ、でもその名前に覚えがある。少しばかり考えて、辺境伯領都の自宅に届いていた淡い色の封筒に書かれていた名前だと思い出した。

確か、隣国から送られてきていて郵送の都合か二通同時に届いてしまっていた手紙の差出人だ。

「今、ウルクーク王国では〝真実の愛病〟が大流行しているそうなの」

「真実の愛……病？　なんですか、それは」

ミルクティーを口に含み、マーゴット様は頷《うなず》いた。

真実の愛、と言えば物語とか演劇でよく使われる心の底から愛し合った者たちの間にある愛情のことだ。その病とは、どういうものなのだろう？

「政略や契約で決められた相手とではなくて、身分や立場に関係なく自分が心から愛した相手と結婚する、そういう愛情のある結婚の仕方が病のように流行しているのですって」

ああ、だから真実の愛病。

「平民階級なら自由にしたらよいのですけど、貴族の間でも流行しているのだそうよ。未婚の者や婚約状態の者ならまだしも、婚姻関係を結んですでに子どもが生まれていても……心から愛した相手との結婚を望んで離婚する人が大勢いるらしいの」

「もしかして、そのフローレンス・ウーリー様も？」

「そのようね。旦那様であったベイリアル伯爵には結婚前から関係のある平民出身の愛《いと》おしい女性がいて、彼女との間に跡取りとなる息子も生まれたらしいわ。だから愛おしい相手と結婚して家族になりたい、政略で結婚していた彼女とは離縁したい、そうなったようよ」

それは、旦那様であった伯爵様も随分と自分勝手な言い分と行動だ。しかも、可愛らしいお嬢様がいるというのに、無責任な。

「離縁はお気の毒と思いますけれど、どうして……私にあれこれと言うのでしょう？　それに、あのお嬢様はヨシュアのことをお父様だと」

私はミルクティーの入ったティーカップを両手で包む。カップは温かくて、半分溶けたマシュマロが紅茶に広がり甘い香りが立ち上る。

「元婚約者だった、という関係を利用してお兄様の妻になりたいのよ」

「え？」

ティーカップに口を付けようとしていたけれど、マーゴット様の言葉に私は固まった。

ヨシュアの妻になりたい？　私がいるのに？

「離縁して出戻った貴族の娘は、また別の家に嫁がされることが大半よ。中には神殿の施設に入る方もいらっしゃるけれど、基本は家が決めた相手と再婚するわ。ウーリー伯爵は商売人としての顔も持っている方だから、また政略結婚させられるでしょうね。きっと再婚相手が気に入らなくて、お兄様に目を付けたのよ」

「ヨシュアは結婚していますけれど？」

「そんなこと、あの女にとっては些細《ささい》なことだわ。離縁すればいいってひと言で終わり」

マーゴット様はフローレンス嬢のことが気に入らない様子で、大きなため息をついた。

「それから、あの娘のことですけれど、お兄様の娘であるわけがないでしょう？　時間軸的にも整合性がとれないもの。それに、グランウェル家の色が全く出ていないなんておかしいもの。おそらく娘にそう呼ばせているのよ。幼い子どもを使うなんて、忌々しいこと！」

ミルクティーを飲み干し、マーゴット様は焼き菓子を口にする。

フローレンス・ウーリー伯爵令嬢。子どもがいるとは思えない、とても美しい女性だった。貴族らしい輝くような美しさと、堂々とした態度に洗練された仕草と貴族としてのマナーも完璧。豪華なドレスや装飾品も着こなすことができるだろう。

あの方とヨシュアの妻の座を争う？　争って、守り通すことができる？

ヨシュアとの夫婦生活をやり直し始めて、お互いのことを諦めない、という約束をした。お互いを大切にして、夫婦であること、家族であり続けるための努力を惜しまないとの取り決めだ。だから、フローレンス嬢が私を妻の座から引きずり降ろして、自分がそこに座りたいと言い出すのであれば私はそれに立ち向かわなくてはいけない。

私だって、ヨシュアの横に立つ存在が自分以外の女性でも構わない、横に立つ権利を簡単に手放すなんて言うつもりはない。けれど、美しく貴族然としたフローレンス嬢を見ていると……私の中にある悲観的な感情が湧き上がってきてしまう。

「リィナさん、しっかりしてくださる？」

「えっ、あ、すみません」

ティーカップをソーサーに戻せば、マーゴット様が新たにミルクティーを注いでくださった。

「……白状するけれど、あの女とお兄様との婚約が白紙になった原因の一部はわたくしなの」

おそらく、ヨシュアが実の妹であるマーゴット様を〝愚妹〟と呼ぶことや、〝貴族令嬢として不出来だ〟という理由はここからきているように思われる。

「どうしてそのようなことになったのか、お聞きしても？」

「わたくし、あの女が大嫌いなの！」

マーゴット様は堂々と断言して、フンッと小さく鼻を鳴らした。

凄《すご》く分かりやすい理由だ。確かに、勝気なマーゴット様とあのフローレンス嬢との相性が良いとは、私から見ても思えない。

「わたくしたち兄妹のお父様は早くに亡くなられたから、あの女とお兄様の婚約は叔父様がお決めになったの。もちろん政略結婚よ？　ウーリー伯爵家の方から申し込みがあって、かなり強引な感じで勧めてきたようなの。細かなところは分からないけれど、ウーリー伯爵家にある商会としての力とグランウェル侯爵家の領地で作られる高価な布や布製品の販売や販路開拓、そういう関係で結ばれたのよ」

「なるほど」

「年齢も二歳差で、侯爵家と伯爵家と身分も問題がない。諸々考えた結果、叔父様とウーリー伯爵との間で決められたのね。でも、わたくしは……嫌だった」

「それは、どうして？」

マーゴット様はミルクティーに花の形をした砂糖をひとつ落とすと、ティースプーンでくるくると掻《か》き混ぜる。自分の中の苛立《いらだ》ちを抑え込むように、何度も何度も。

「あれは……侯爵家領地にある本邸で侯爵家が開発した新しい生地の発表会だったかしら。その時はもうふたりの婚約はすでに決まって、二か月ほどたっていたわ。わたくし、最初は仲良くするつもりだったのよ？　義理とはいってても姉という存在ができることが、家族が増えることが嬉《うれ》しかったから」

ヨシュアとマーゴット様のお父様が亡くなられたのは、ヨシュアがまだ成人していなかった頃と聞いている。当然マーゴット様にとってはもっと幼い頃の話だ。きっとマーゴット様はお父様がいらっしゃらなかった分、家族が増えることが純粋に嬉しかったのだろう。

「でも、聞いてしまったの……あの女が〝前侯爵様は若くして亡くなられたのだから、きっとご令息様もご病気で早くにお亡くなりになるわ。そうしたら、グランウェル侯爵家はわたくしと子どものものね〟そう言って、ウーリー伯爵と笑って話していたのをね」

私は悲鳴を呑み込んだ。なんということを、親子で話していたのだろう……しかも、グランウェル侯爵家の領地本邸でなんて。

「お父様が亡くなったことも、悪く言っていたわ。王宮文官としての職務と領地の経営という職務の両方をこなす、それができなかったお父様は無能なのですって。結果を出せずに死んだのがその証拠なのだとか。グランウェル侯爵も話に聞いていたほど有能ではない男だったって、その息子であるお兄様もそうだろうって」

「……なんてこと」

「お兄様が成人して叔父様から侯爵を受け継いだら、能力不足のお兄様をお飾りにしてあの女とウーリー伯爵とでグランウェル侯爵家の全てを自分たちのものにするのだと、笑っていたわ。お父様が亡くなられたのは病気が原因だったのに、お兄様はわたくしと違って本当に優秀なのに」

実際には、ヨシュアは大変有能な人であるのでウーリー伯爵とフローレンス嬢の考えるようにはいかなかっただろう。ヨシュアがフローレンス嬢とウーリー伯爵の勝手を許すはずはないだろうから。けれど、そんなことを聞いて好きになれるわけがない。自分の兄と結婚などしてほしくないし、家族として受け入れることなんて……できない。

「マーゴット様」

「それからは、思いつく限りの嫌がらせをしたわ。わたくしも子どもだったから、本当に幼稚な嫌がらせをしたの。お兄様との結婚なんて絶対に嫌で、侯爵家の中に入ってほしくなかったから。もっと、上手く嫌がらせができたら良かったのだけれど、できなくて。お兄様には、愚かな妹と言われるようになって、もちろんわたしくのしたことは社交界に広まったの。当然、まともな縁談なんて来なかったわ」

「でも結果的にマーゴット様の思うように、二人の婚約は白紙になったのですよね」

「そうよ。でも白紙になった理由の半分くらいは、ウーリー家にとってもっと旨味のある商売に関係ある結婚相手が見つかったからよ。そのお相手が金髪に青い瞳をした美男の伯爵で、あの女がそのお顔に惚《ほ》れたこともあるわね」

貴族の政略結婚はなんらかの契約が前提だから、商売の話が関わってくれば白紙撤回もあり得る話なのだろう。

「他にも、お兄様が侯爵家の当主になるつもりがなかったこともあるわ。あの女は侯爵夫人になって、グランウェルの財産や権力が欲しかったのでしょうけれど……お兄様は侯爵家を叔父様と従兄のクリスに任せて、自分は王宮文官として生きていきたいと言い出したから。ついでに、あの女にとっては嫌がらせをしてくるわたくしと親族になるのも嫌だったのでしょうね」

ミルクティーをずっと掻き混ぜていたマーゴット様はようやくティースプーンをソーサーに戻し、美しい所作でお茶を飲んだ。

「本当はね、あなたのことも……お兄様の妻としては認めたくなかったのよ！　わたくしはね、一般的な貴族令嬢で、王宮文官として働くお兄様を支えて、ご実家が後ろ盾になってくれる方が良かったの」

「それは、その、申し訳ありません」

私は椅子に座ったままではあるけれど、その場で頭を下げた。

「…………でも、今は、その、少しは認めて……いるわ」

「えっ」

言われた言葉が信じられなくて慌てて顔を上げると、マーゴット様は淑女らしからぬ勢いでティーカップをソーサーに戻した。カチャッとカップとソーサーが音を立てる。

「あの女よりずっとましだもの！」

苦笑いが浮かんだ。マーゴット様にとってウーリー伯爵令嬢は嫌いな相手なので、彼女と比べたら誰だってマシな相手になってしまうだろう。

「……あなたはお兄様を想って、大事にしてくれているわ。あのお兄様が以前よりわたくしに優しく接してくださるし、表情も豊かになったもの。きっとあなたと一緒にいるからなのよ」

「そう、でしょうか?」

「そうよ! わたくしね、大人になってからお兄様のお顔ってお面のような無表情か呆《あき》れているか怒っているか、その三つしか見たことがなかったの」

「まさか!」

「そのまさかなの。だから、お兄様のあんな笑顔を見たのは初めてよ……あなたに対しては優しく笑うのね。お母様からも、お兄様はリィナさんと幸せに生活しているって聞いたわ。信じられなかったけど、あんなお兄様を見たら信じる他なくて、認めざるを得ないわ」

マーゴット様は口を強く引き結び眉を顰《ひそ》め、頬を硬くしているので不貞腐《ふてくさ》れているような表情をして、私から顔をそむける。不機嫌そうに見えるのだけれどこの顔は照れているときのものだ、ヨシュアも照れるとこんな顔をして手で顔を隠していた。この兄妹はよく似ている、あまり器用ではなく素直に言葉を出せないところなどもそっくりだ。

「……リィナさん、その、ごめんなさい」

「え?」

マーゴット様が謝罪の言葉を口にして、私は驚いた。

初対面のときから彼女は私のことを嫌がっているのが丸分かりだった。私が平民であること、孤児であることは黒騎士であることを含めても、彼女にとって兄の伴侶に相応《ふさわ》しくない存在だったから。

顔合わせの気まずいお茶会をしてからマーゴット様とはほとんど交流することなくて、彼女はアストン領に居を移し結婚した。結婚式には私も参加したけれど、正しく参加して祝辞を述べただけで終わってしまったのだ。

「あなたに対するわたくしの態度、褒められたものではなかったわ。分かっていたけれど、それを律することができなかったの。お兄様がわたくしを不出来だとおっしゃる、その通りよ」

「マーゴット様」

「東部に来て、アストン伯爵家に来てから……わたくしは思い知らされたのよ。ここは領主と領民の距離がとっても近いでしょう？　領民たちの生活様式には驚いたし、受け入れるなんてできないって思ったわ」

王都で生まれて王都で育った高位貴族令嬢であったマーゴット様が、庶民の生活に驚き受け入れがたいと感じてしまうのは仕方のないことだ。

「でも、今はアストン領に馴染《なじ》んでおられるように思いますが」

「そうね。ここで毎日畑を耕して作物を育てて、家畜のお世話をして生活していく。そういう人たちの生活を間近に見て、体験して知ったわ。その営みがあるからこそ、わたくしは食事がいただけるし衣類を纏《まと》うことができるのだって……旦那様に教えていただいたの」

「アストン伯爵様に」

マーゴット様は微笑《ほほえ》み、頷いた。以前のお茶会で見た煌《きら》びやかさはない、けれど優しい笑みだ。

「わたくしたち貴族も平民と呼ばれている領民たちも、同じなんだって分かったの。だから、リィナさん……あなたとわたくしも同じ人。わたくしの態度と物言いがどんなに酷《ひど》い物だったのか、分かったのよ。本当にごめんなさい」

心の底から私は驚いて、同時に嬉しく思った。

アストン伯爵と一緒に領都に借りた家にいらしたときから、以前のようなトゲトゲした雰囲気がなくなっているとは感じていた。でも、それは結婚してお子様も生まれたことでマーゴット様が大人になられたからだと思っていたのだ。

もちろんそういう一面もあるのだろうけれど、私のことを一人の人として認めてくれていたのだと分かってとても嬉しい。縁あって親戚となった方だし、彼女はヨシュアの実の妹なのだ。一般的な親戚付き合いができるのならば、嬉しい。

「私を受け入れてくださってありがとうございます、マーゴット様。嬉しいです」

口に含んだミルクティーは先ほどよりも甘く、まろやかに感じられる。気の持ちようなのだろうけれど、お茶がとても美味《おい》しい。

「き、きっとあの女はなにか仕掛けてくると思うの。無駄にお金があるから、人を雇って危険なことをしてくる可能性もあるわ。自分の都合の悪いことは無視して、都合のいいことしか受け入れないから会話にはならない。思い通りにならないと突拍子もないことも平気だから、注意して。荒っぽいことに巻き揉《も》まれても、騎士として現役だった頃はそんな心配あなたには必要なかったでしょうけど、今は違うでしょう」

マーゴット様は少し早口にまくしたてる。

見聞きした限りウーリー伯爵令嬢という人は、容姿はとても美しくて気品に溢《あふ》れた人なのに話が通じない方であるらしい。残念なご令嬢だ。

「わたくし、あの女が今でも嫌いよ。あの女がお兄様の妻になるなんて絶対に嫌！　だから、あなたがお兄様の妻でいてちょうだい……ずっと」

「心配してくださって、気にかけてくださってありがとうございます、マーゴット様」

そう素直にお返事をすれば、マーゴット様は顔を赤くして「き、気にしなくていいわ！　そ、それよりもこれを食べてみてちょうだい、わたくしが試作したものなの」と言って私にお菓子をたくさん薦めてくれた。

気恥ずかしいとか照れるといった感情を誤魔化すことが、行動に出る方らしい……ヨシュアは固まる方なのでそこは兄妹でも違っている。

おかげで私たちはお菓子でお腹がいっぱいになってしまい、夕食が碌《ろく》に入らなかった。

＊＊＊

お風呂をいただいて滞在中の部屋に用意してもらった客間に戻れば、すでにヨシュアは寝支度を整え暖炉の前に置かれたソファにゆったりと座って、寝酒を舐《な》めるように飲んでいた。

東部辺境特産品のひとつ、花蜜を使った発酵酒は温めると甘い香りが引き立つ品で甘く口当たりの良さが人気の品だ。

「茶菓子を食べ過ぎて夕食が入らないなどと、幼い子どものようなことを」

ヨシュアはクスッと笑って手招きし、私はそれに誘われるまま隣に座った。ヨシュアからは石鹸《せっけん》のすっきりした香りと一緒に、花蜜酒の甘い香りがする。

「マーゴット様が一生懸命薦めてくださるから、つい。それに、用意してくださったお菓子は全てマーゴット様が作られたものだったのですよ」

「……あの愚妹が菓子作りなど、まだ信じられないのだが？」

器用に肩眉だけを上げて「荒唐無稽な架空の物語の方がまだ現実味がある」とまで言った。いったいヨシュアの中でのマーゴット様はどんな困った妹になっているのだろう？

「とても美味しかったですよ、優しい味がしました。アストン領で栽培を始めた甘いお芋が材料で、将来的に名産品に仲間入りすることを目指しているそうです」

「マーゴットがアストンに嫁いで六、七年ほどか？　領主の妻として、次期領主の母として仕事ができているのなら喜ばしいことだ。アレは、貴族令嬢として不出来だったから心配していた」

「不出来だなんて……」

そう言えば、ヨシュアは私の肩に腕を回して抱き寄せた。そのままヨシュアの腕の中に納まれば、彼はこめかみに口付ける。

「不出来さ。私とあの女との結婚が嫌だったのなら、叔父や私にそう言えば良かったんだ。一時の感情で稚拙な嫌がらせを己の手で行って自分の評判を落とす結果になって……愚の骨頂だ」

「まさか、ヨシュア、知っていたのですか？　ウーリー伯爵令嬢と彼女の父君がなにを言っていたのか、結婚後にしようとしていたことも」

「勿論《もちろん》。あんな軽々しく父を侮辱し我が家の乗っ取り計画を語るなんて、私の目の前で話しているのと同じことだ。あまりの軽率さに怒りなど通り越して笑ってしまった」

ヨシュアは花蜜酒の入っていたグラスをテーブルに戻すと、私を抱え直して自分の膝上に乗せた。どうやら花蜜酒を飲んで少し酔っているらしい。

「まあ、ウーリー伯爵家と関係があったのは過去のことだ。それよりも、今とこの先の話をしよう」

「なんのことです？」

「昔私と婚約していたフローレンス・ウーリーとその娘が突然来ただろう？　それで、キミに好き勝手を言ってきた」

「あ、ああ、そのこと」

ヨシュアは私の首筋に顔を埋めた。

「すまない、嫌な思いをさせたな。ライベリー村に向かっていている途中、馬車とすれ違ったことは分かっていたが家紋まで確認をしなかった。馬車がウーリー家のものと分かっていたら、一人きりにはしなかったのだが」

「大丈夫ですよ、私は。あれこれ言われるのは慣れていますし」

「慣れないでくれ」

顔を上げたヨシュアは大きな両手で私の頬を包み込んだ。温かな手に顔を包まれ、真っすぐに翠《すい》玉のような瞳が私を映す。

「それは、当たり前のことではない。嫌な気持ちになっただろうし、傷付いただろう？　私には素直な気持ちを言っていい……いや、話してほしい」

「でも……」

「リィナ、話して」

私が話すまでヨシュアは追及を止めないだろう、思っている以上に彼は頑固で執念深い。

「……辛くなかったと言えば、嘘《うそ》になります」

「うん」

「リーウェル子爵家の役割を分かっていないとか、もう黒騎士ではないのにあなたの傍にいることが図々しいとか、結婚して何年も経《た》つのに子どもを産んでいないとか。……それは確かに全て事実なのですけれど、事実だからこそ胸に痛かったので」

「それは……」

「それから……辺境伯領都のお屋敷に届いたピンク色のお手紙は、あのご夫人からですよね？　私が見た限りで二通ありました。きっとあの手紙より前に、何通も届いていたのではないですか？」

私はヨシュアの言葉を遮るように言った。

あの淡い色の手紙の差出人があのご夫人であることは、私の中でつながったばかりだ。それがヨシュアの元婚約者であった方で、離縁に伴い帰国されたことも、ヨシュアの妻という席に座りたがっていることも知ったばかり。

「あのお手紙に、なんと返事を……したのですか？　あの方を妻に迎える、そうお返事したのですか？　あの可愛らしいご令嬢は、あなたのことを〝お父様〟と呼んでいました……」

あのご婦人に妻の席を奪われないように、戦わなくてはならない。けれど、もし、ヨシュアがあのご婦人を妻の席に座らせるつもりがあるのだとしたら……そのような内容の手紙を受け取って、今日ここへやって来たのだとしたら？　私が戦う意味は？　私の中で不安な気持ちが勝手に育ち、ぐんぐん成長していく。

「……悪かった、リィナ。そんな悲しい顔をしないで」

「でも」

「神に愛を誓った相手は、リィナだけだ。それは生涯変わらないと言っただろう？」

「信じられない、わけではないんです。信じています。でも……」

素直に言えば、ヨシュアは困ったように笑って額にキスを落とした。

「そうだな、信じることと不安に思う気持ちは別物だ。キミが言う通り、あの女からの手紙は何通も届いていた。辺境伯領に来てすぐくらいからかな、離縁して帰国するから自分と結婚してほしいという内容だった」

やっぱり。顔が自然に俯《うつむ》いていくけれど、両頬をヨシュアの手に挟まれて顔を上げられて彼と目が合う。

「当然断りの手紙を書いた、あの女と結婚するつもりなどないからな。当然、私に子どもなどいない。それからも手紙が複数届いたことは事実だが、開封せずに燃やしてしまったからなんと書いてあったのかは分からないな。特に知りたいとも思っていない」

「ヨシュア……」

「不安にさせたくなくて黙っていたのだが、逆効果だったたか。悪かった。心配も、不安も必要ないが、何度でも伝えるよ。神に愛を誓ったのはキミだけで、他の女性と誓うつもりはない。離れないよ。だから、そんな顔をしないで」

額が合わさり、鼻の頭がくっつく。

「引退した黒騎士が離縁しなくてはならないなんて決まりはない、アレクサンドル卿《きょう》も引退してからも離縁などせずに細君と一緒にお暮らしだろう？　リーウェル子爵としての役割などグランウェルの血を絶やさないように維持するというもので、当主の元に子どもが生まれた今はどうでもいいことだ。私たちの間にできる子どものことは……これからだろう？　私たちは夫婦をやり直し始めたばかり、いわば新婚だ」

「……新婚？」

思ってもみなかった言葉を聞いて、思わず笑ってしまった。私たちが結婚してもう六年になろうとしているのに、新婚なんておかしい。

「そうだとも、新婚だ。私が新婚だというのだから、新婚なんだよ」

ヨシュアはそう断言すると、ついばむようなキスを何度も繰り返して、私を抱えたまま立ち上がり暖かな寝台へと向かう。

「あの、ヨシュア」

「体が冷えてしまう。寝台へ行こう」

夜の冷たい風が吹いている外とは比べ物にならないほど室内は暖かい。

ヨシュアは私を抱き込むように寝台に横になり、肩まで毛布と布団を掛けた。彼の腕の中は暖かく、心地よく、安心できる。

「お願いと言うか、ご相談があるのですが」

「なんだ?」

私は、アストン領に来てからずっと考えていたことを、ヨシュアに話すことにした。

＊　□　＊

ライベリー村の近くにある森の中で竜の骨が発見され、同時に人骨も複数発見された。その報告を受けカールトン辺境伯とアストン伯爵による共同指示の下、森には大勢の騎士と作業員が派遣されて発掘作業が進められている。

それと同時に、砦《とりで》所属の白魔法使いたちがライベリー村で竜の毒に触れてしまった者たちにロンタスの蒸留水と丸薬を飲ませ、青騎士たちが念のためと村のあちこちにロンタスの蒸留水を散布している。

治療も浄化も順調に進められて、治療は一週間程度、土地の浄化もひと通り蒸留水を撒《ま》けばそれで完了すると聞いた。これでライベリー村にて発生した疫病騒ぎは終息する。騒ぎが終わり、原因がはっきりすれば今まで通りの生活を送ることができる。

残るは森で発見された竜の骨と人骨だ。森の中には、討伐に利用したのだろう仕掛け罠《わな》の残骸のような物、壊れた剣や槍《やり》なども複数見つかった。

人の骨は現在十五人分ほど見つかり、あと三人から五人ほど見つかるのではないかと予想される。

「丁度、一小隊くらいの人数だな。まあ、腕利きの傭兵ばかりで作った精鋭小隊で討伐に挑んだ、というところだろう。最初の討伐対象が何だったのかは不明だ、魔獣討伐中に竜と遭遇したのか……最初から竜討伐だったのか」

そういえば、コーディ卿は竜の骨と向き合いながらも大きく頷き、同意してくれた。

発掘された竜の骨と人骨は、全てアストン領都の使われていなかった倉庫兼事務所に運び込まれた。平屋造りの倉庫はその昔ジャムや果実酒などの果物加工品の倉庫として使われていたそうだ。広い倉庫部分と出入り口の横に管理事務所が作られている。残念ながら果物栽培が難しくなってからは、使われずに放置されていた。

今はその倉庫部分を借りて骨を復元し、人骨に関しては個人特定に繋《つな》がるなにかを探す簡易作業場になっている。

「竜はシープホーンパープルドラゴンみたいだ。きっと先日浄化した卵の親だろうね」

コーディ卿は運び込まれた竜の骨を組み上げ作業の手を止めた。

この竜は住み処としている場所から出て来ることは滅多になく、討伐記録が少ないらしい。けれど、私にとっては忘れられない竜だ。リィナが黒騎士を引退するきっかけになった討伐で対峙《たいじ》したのが、シープホーンパープルドラゴン。その名前の通り、羊のようにくるりと巻いた二本の角を持ち、黒色に近い紫色の鱗《うろこ》を持った毒竜。

竜の骨の一部を手にすると、コーディ卿はそれを私と義弟であるパトリック・アストン伯爵に見やすい位置に掲げる。

「これは後ろ足の骨の一部だが、踵《かかと》の部分が二股に分かれているだろう？　シープホーン種の特徴のひとつだから間違いない。おそらくあの卵の親竜の骨だ。卵はまだ母親の腹の中にいて、親が死んでしまったから生まれることなく一緒に死んだんだろうな」

「コーディ卿、この竜が死んでしまった時期は分かるだろうか？」

両腕を組んで顎をなで、竜の骨を見つめたコーディ卿は続けた。

「詳しい調査をしてみないとはっきりしたことは分からないが、……十年単位で前なんじゃないか？　人間の体だって、骨まで完全に土に還るには百年以上の時間が必要だ。竜の体は大きい、骨や爪なんかの硬い部分以外が土に還ることも、相当な時間が必要だ。こいつの骨はまだしっかりとしているから……二十年とか二十五年とか、そのくらいの時間は経っているだろうな」

二十年ほど前、一匹のシープホーンパープルドラゴンが何らかの理由で住み処である〝深淵《しんえん》の森〟を出た。それは雌の個体で、腹に卵を抱いている状態であったにもかかわらず小隊の傭兵と戦い、ライベリー村のほど近い森で命を落とした。

竜との戦闘で二十人程度の傭兵のうち、どの程度生き残ったのかは分からない。けれど、彼らは竜を討ち取った。

だがその後、竜の血肉は毒化。生き残った傭兵たちも竜の毒化を知らず、竜毒に触れた。結果竜と傭兵たち全員があの森で命を落とした……そう考えるのが自然だろう。

森で死んだ竜の毒は大地に染み込み、大気と土地、地下水を経由して川の水を汚染した。

ライベリー村はまだ村として出来上がって六年目の新しい村、二十年前にはまだ存在していなかった。当時この森の近くにあったのは、ロンディル村だ。

「詳しく調べた結果は知らせるし、報告書もこちらで作成するよ。とりあえず申請に必要な証明書だけはもうできているから、後で領主館へ持って行く。補佐官殿、アストン伯への説明はしてもらっても?」

「承知した」

コーディ卿はうきうきとした様子を隠そうともせず、後で竜の骨をじっくりと調べるのだと早口で話し、証明書を取りに宿屋へ向かった。その様子は新しいおもちゃを与えられた子供のようだ。

リィナ曰《いわ》く、竜の研究に熱意を激しく燃やしているらしいので心強いのだが……竜の骨に夢中になりすぎて砦に帰らないといった別問題が発生しそうな気がする。

「やはり、二十二年前ロンディル村を壊滅させた疫病はこの森で死んだ竜の毒が原因だった、のでしょうか?」

義弟パトリックは次から次へと倉庫に運ばれてくる骨、人の姿に戻されていく人骨、積み上げられた竜の骨を見ながら呟《つぶや》くように言った。

「そうだな、恐らく」

コーディ卿は調べてからと明言はしなかったけれど、おそらく想像した通りなのだろう。

リィナが生まれ、両親と祖母と共に暮らしていたロンディル村。今は崩れた民家や神殿と、広場の跡と野生に返ろうとしている果樹園があるだけの廃墟《はいきょ》になっている場所。

広大な果樹園で複数の果物栽培をして、その加工品であるジャムや砂糖漬けやシロップ漬け、ジュース、果実酒などを作っていた。アストン伯爵領で二番目に大きな村だったそこは……森で死んだ竜の毒によって滅びたのだ。

それは、誰にもどうにもできないこと。

竜が死ねば毒化し、その毒は猛毒で、治療方法も限られている。しかもそれは一般的にはほとんど知られていないことだ。原因が分からないのだから、当時原因不明の疫病とされるのも仕方がないし、効果のない治療を施して結局死なせてしまったことも、責めることはできない。

「パトリック、まずは先にできる手続きを取ろう。それがライベリー村をひいてはアストン領全体のためにもなることで、おまえが領主としてしなくてはいけないことだ」

「義兄上……」

「いいな?」

複雑な気持ちを抱えながら頷いた弟の肩を軽く叩《たた》き、私は作業場となっている倉庫を後にした。

＊＊＊

「国の災害補助制度の存在は認識していたか?」

アストン伯爵領の領都にある領主館、その執務室で私は打ち合わせ用の机を挟んでパトリックと向かい合った。

執務室は飾り気のない執務机と椅子、打ち合わせ用である大きめの机、古びたソファセット、実用一点張りの書棚にはぎっしりと本や書類が詰まっている。執務室にありがちな絵画もなく、あるのは絵画が飾ってあった跡だけ。

正面に座る義弟は少し濃い色の金髪に深い青色の瞳、背は高すぎず低すぎず、中肉中背の体形に、垂れた目が優しげに見える青年だが、憔悴《しょうすい》した様子だ。思い返せば、出会ったときからパトリックはいつも目の下に隈《くま》を作り、疲れた様子だった。

「……自然災害による被害を受けた場合、の補助制度ですか？」

「そうだ。嵐や大雨による水害や土砂崩れ、地震、火災などの被害、大量発生した虫による虫害などが対象となり、国から領地の復興や領民の治療に対する補助金が支給される。それは竜や魔獣による被害にも適用される」

「それは……」

私は補助金の申請書類を机の上に並べて、パトリックの前に出した。

「今回ライベリー村で起きた疫病について、〝死亡した竜の卵から漏れ出た竜毒によるもの〟と黒騎士コーディ・マクミラン卿が証明してくれた。書類を整えて王宮の都市整備室宛てに提出するといい、補助金と体調を崩した村人への見舞金も出るだろう」

「すぐに書類を整えます」

パトリックは申請書類に手を伸ばした。災害に対する補助金は迅速さがものを言うため、それほど手続きに時間はかからないし、添付する資料も難しいものではないのですぐに整えられるだろう。

「それと、二十年前の疫病のことだが……」

「それはロンディル村のことですか？」

「ああ。そちらも死亡した竜の毒が原因である、と認められるだろう」

そう言うと、パトリックは申請書類に伸ばした手を引っ込め、膝の上で手を組んだ。

「……二十二年前のあの疫病騒ぎも、竜の毒が原因ですよね、やはり」

「ライベリー村に隣接する森の中から、竜の骨が確認されている。当時あそこから川下にあったロンディル村が被害にあったと判断できるし、コーディ卿が証明書も報告書も作ってくれる。これでロンディル村に対する補助も受けることができる、一緒に申請するといい。領民はみな亡くなってしまっているが、土地の浄化を進めれば果樹園の再興も視野に入ってくる」

アストン伯爵領にとって、ロンディル村は大きな村で収入面でも重要な場所だったはずだ。補助金を使って竜毒に対する浄化を行えば、ロンディル村の土地は綺麗《きれい》になる。そうなれば再び果樹園を作り、果物や加工品を売り出すことも可能だ。

原因不明の疫病が発生して感染する、という風評被害も国からの補助を受け、原因が竜であるとはっきりさせることで消えて行く。今すぐ豊かな地域には戻れないが、戻るための一歩を踏み出すことができるだろう。

コンコンッとノックの音が響き、開け放たれていた出入り口から木箱を抱えたコーディ卿が執務室へ入ってきた。

「お待たせした。申請に必要な書類を持ってきた」

コーディ卿は机に申請に必要な証明書を置き、さらに持っていた大判の封筒を斜めにした。封筒の中身がジャラジャラという金属音をさせながら机の上に滑り出る。

「これは……」

「身分証明になるものだな、主に傭兵たちが身に着けている」

金属の板でできたそれには、身元が分かるよう名前や出身地、所属している傭兵団などが魔法で刻み込まれている。これを首から下げることで、身元が分かるようにしているのだ。

「紫紺《しこん》の風？　傭兵団の名前、でしょうか」

パトリックはそれを手に取り、刻まれている内容を読み上げた。

「今もこの東部と南部の辺境地域を中心に、魔獣の討伐、商人や旅人の護衛、街や村の警備を行っている傭兵団だ。彼らが竜を討ち取ったのだろうな」

「……黒騎士以外の者が、竜を狩ることなどできるのですか」

手にした身分章とコーディ卿とを見比べて、パトリックは尋ねた。

「可能か不可能か、で言うのなら黒騎士以外でも可能だ。竜を殺すだけの攻撃手段を持って、打ち倒せばいい。けれど、言葉で言うほど竜の討伐は簡単ではないし、竜が死んだ後に毒化することを考えれば浄化魔法の使える黒騎士がおらず、ロンタスの蒸留水が準備できていない討伐など自殺行為だ」

コーディ卿は肩を竦《すく》め、持ってきた木箱の中から竜の角を取り出した。くるりと巻いた独特な形をした大きな角で、藤色に輝いている。森で見つかった竜の角だ。

「竜を殺して、逆鱗《げきりん》だの爪だの牙だのといった金になりそうな部位を剝ぎ取っている間に、竜は猛毒に変わる。そして、あっという間に毒に体を蝕《むしば》まれて死ぬことになるな。そして、事実……彼らは死んだ。ここを見てくれ」

指で示された部分、角の付け根にあたり、竜の頭から生えているだろう部分から数センチ離れた所に大きな傷があるのが確認できる。刃で付けられたものだろう。

「この傷は？」

「おそらく、角を切り落とそうとしてできたものだと思う」

パトリックはそれを聞くと、両手で顔を覆った。

「それは、傭兵たちが竜の素材採取を目的に討伐した、そういうことでしょうか？」

「多分な。竜の角、爪、牙、逆鱗、どれも高価で貴重な素材として取引される品だ、金になる。通常討伐するのは王国騎士団所属の黒騎士たちだから、高価な竜素材は基本国の物として管理される。手に入れたければ、自分たちで討伐するしかない」

「……傭兵たちはなぜ竜を討伐したのでしょうか？　死んだ竜の毒に耐えられないというのに」

「竜が死んだ後に毒化することは、今でも一般的に知られていない。二十年前なんて全く知られてなかった頃だろう。だから、単純に知らなかったんじゃないのか？　彼らは素材目当てで竜に挑み、あの場所で竜を討ち取った。だが、その後毒化した竜の毒を浴びて命を落とした」

「……そして、その竜毒が、ロンディル村に？」

執務室の壁に掛けられた大きな地図にはライベリー村とそれに隣接する森、その森を挟むように反対側にロンディル村跡地が記されている。

ロンディル村は森から川下側に位置しているため、当時溢《あふ》れていた竜の毒が森から染み出るように風に乗って、地下水や川の中に混じって入り込んだのだろう。それが、二十二年前ロンディル村を襲った原因不明の疫病とされたものの正体だ。

義弟は大きく息を吐くと、俯いた。

「竜が死ぬと毒になることは分かりました、ロンディル村の人たちがその毒で亡くなったことも。その、ライベリー村にある森からロンディル村周辺が当時竜毒に汚染されていて……今暮らしている村人たちにその毒の影響はないのですか？」

「竜毒は自然に浄化されることが分かってる。ただ死んだ竜の種類や大きさにもよるが、自然浄化には十年から十五年程度かかると言われている。一応、森を含むライベリー村からロンディル村跡地は自然浄化により安全……と言われる時間は過ぎてるな」

コーディ卿はそう言いながらも「大丈夫だと思う。だが念のために土地はロンタス蒸留水による浄化、村人全員にロンタスの丸薬の服用をお勧めする」と付け加えた。

「……分かりました」

「パトリック、顔を上げろ」

私は報告書と補助申請書を掴《つか》み、目の前に突き付けた。パトリックは青い目を大きく見開き、私から書類を受け取りそれに視線を落とす。

「領地を預かる貴族としての責務を果たせ。先々代、先代とおまえ、三代に渡って苦労していたことを大勢の貴族が知っている。コーディ卿が全ての原因が竜にあると証明してくれた証明書を持って、国に助けを願い出ろ」

「義兄上……」

「補助金を受け取って、その金でまずはライベリー村とそこで暮らす人たちの生活を安定させろ。その後は浄化だ。竜毒の浄化方法はもう分かっているな？　ロンタスの蒸留水が必要だ。人を集めろ、昔領地を飛び出した者の中には戻りたい者も出てくるはずだし、入植を希望している流民もいるだろう。そして、昔の果樹園を取り戻せ……果樹と言えばアストン領、だろう？」

「し、しかし、そんなこと……」

「貴族の結婚は、契約と繋がりだ。辺境伯家のパーティーに顔を出して、寄付を集めろ。辺境伯家とは遠縁だ、閣下も嫌とは言わないだろう」

アストン伯爵家は歴史のある家だ。東の辺境伯家とはやや遠いが親戚であり、寄り親寄り子の関係でもある。

「それから、おまえの妻の実家はどこだ？」

「グランウェル侯爵家で……」

「そうだ、グランェル侯爵家は金がある家。新しく当主になった従弟は叔父よりも気さくで、面倒見がいい男だよ。マーゴットとふたりで顔を出して頼めば、親戚として手を貸してくれるだろう。国からの補助があって、原因が竜毒であると証明されたと分かれば、叔父も反対しない」

項垂れて座っているパトリックを執務机に付かせ、ガラスペンを握らせる。今から申請書類を作り、カールトン辺境伯家とグランウェル侯爵家へ手紙を出すように指示する。パトリックは目をまん丸にしながらも「はい、はい」と返事をして、申請書類を作り出す。

「ああ、それからリィナから伝言だ」

「義姉上《あねうえ》から？」

「侯爵家名義でマーゴット宛てに振り込まれ、おまえが使い込んだリィナの竜討伐報奨金についてだ」

パトリックは息を呑み、そして顔を真っ青にした。手にしたガラスペンが激しく震える。

「伯爵、そんなことしてたのか？　大人しそうな顔して、なかなかやるなぁ」

コーディ卿が意地の悪い言葉を重ねたせいで、義弟は冷や汗を大量に流し顔色を青から白へと変えた。

「あれは、その、本当に申し訳ありません……必ずお返しします。いつ、になるかは、その、ちょっと、まだ分からないのですが……」

震えながら頭を深々と下げる。なんだか私が義弟を虐《いじ》めているような感じがして、いい気分にはならない。

「そうではない、話を聞け」

「は、はい……すみません、義兄上」

「あの金が領地復興のため、病気になった領民の治療や今後の生活のために使われたのであるなら、返済は必要ない、と」

「……え？」

パトリックの手からガラスペンが零《こぼ》れ落ち、机の上にインクが跳ねて飛んだ。

「竜の毒で傷ついたアストン領と領地の人たちへの復興資金を寄付した、ということにしてください、だそうだ」

豪華な食事、高価な衣服に宝飾品、高名な画家の描いた絵画、有名作家の作り上げた銅像、そんなものに使われたわけじゃない。純粋にそこに暮らす人々のため、領地復興のために使われたのなら生まれた土地を援助するために寄付金としたいとリィナは言った。

騎士や文官が貧しい故郷や、災害にあった故郷に対して金や物資を寄付する、それ自体は珍しいことではない。だから、生まれた村のあるアストン領に対してリィナが金を寄付することは、自然だ。

「……それは」

「アストン領への復興資金の寄付を受けた、という書類を用意してくれ」

そう言うと、パトリックはドッと涙を零して、椅子から滑り落ちるようにくたびれた絨毯《じゅうたん》の上に座り、額を絨毯に擦《こす》り付けるように頭を下げた。

「パトリック？」

「……あ、ありがとう、ございますっ！　なんとお礼を申し上げればいいのか……！」

鼻声で聞き取りにくい声になりながらも、何度も礼を述べる義弟。思えば、この男も幼い頃に領の経済を担うはずの村を失って貧しくなり、父親から爵位を継いでずっと金策と復興を続け苦労の連続だったはずだ。

「返済は不要だが、条件というか希望があるそうだ」

「な、なんでしょう？」

「アストン領で採れた果物と、それを使ったジャムやコンポートが食べたいそうだ。それと……」

「そ、それと？」

どんな条件を出されるのかとビクビクしているパトリックは、鼻をすすった。

「いつか、ロンディル村にあった果樹園を再興して自分を招待してほしい、と」

「あ……」

「リィナはロンディル村で生活した記憶がない。家族を亡くしたとき、彼女は二歳だった。だから書類で読んだこと、人から聞いた話が全てだ。だから、自分の目で見てみたいと……両親や祖父母が大切にしていたという広大な果樹園を」

パトリックは再び滝のように涙を零し、絨毯に額を擦り付けた。何度も何度も、礼の言葉とリィナの希望は必ず叶《かな》えると繰り返す。その涙は、今までどんなに辛くても苦しくても耐えながらここまで踏ん張ってきた義弟の、初めて見えた希望に対する気の緩み故のように見えた。

「私も、見たいと思うよ。キミと愚妹、甥《おい》が幸せに暮らす、緑豊かなアストン領を」

「俺は美味《うま》い果実酒を希望するね」

「……は、はい、はい。義兄上、コーディ卿、必ず。必ずや！」

椅子に座らせた義弟の滂沱《ぼうだ》の涙はなかなか止まることはなく、アストン家の当主が目を大きく腫れ上がらせ、鼻の頭を赤くした様相になってしまったため……執務室へ茶と菓子を運んで来たメイドと愚妹には妙な目で見られた。まるで私が意地の悪いことを言って泣かせたかのように思われ、事情の説明を求められた。解せない。

マーゴットからは「お兄さまは顔の筋肉の動きが鈍いから、意地悪したように見えて当然ですわ。実際、意地悪ですもの」と心外なことまで言われた。ますます解せない。

用意された茶には花蜜が添えられ、リィナの言っていた愚妹手製のイモ菓子（蒸《ふ》かしたイモをクリーム状になるまで練り、花蜜やミルクなどを加えてクッキー生地で作ったカップに詰めて焼いたそうだ）は、焦げている物や形がいびつに歪《ゆが》んでいる物もある。この不揃《ふぞろ》いな見た目も手製の味の内であるらしい。

どうやら、愚妹はこのアストン領で多少なりとも良い方向に変わったらしい。

貴族学院で当時私の婚約者であったフローレンス・ウーリー伯爵令嬢を相手に、理由はどうあれ稚拙な嫌がらせを繰り返して問題になったのだ。当然嫁ぎ先もなく修道院に入るか、侯爵領に封じるかと考えていたところへ来たのが義弟との結婚話だった。

アストン伯爵家は歴史のある家と言っても貧しく経済的には下の下、東部辺境の寂れた田舎貴族、農民貴族と言われていた。

整った容姿を持ち穏やかな性格だというのに貧しさ故に嫁の当てがなかったパトリックと、貴族として未熟なマーゴットの結婚は正直に言えばどう転がるのか未知数に感じた。駄目になるような気配も感じていたが、ふたを開けてみれば思いのほか上手くやれているようで安心する。

三歳になる甥が今一番気に入っている菓子だという愚妹手製のそれを恐る恐る口に入れれば、想像していなかった素朴で優しい味がした。

豪華で華美なドレスや煌《きら》びやかな宝飾品を好み、自分の思うようにならなければ機嫌を損ねてそれを隠そうともしなかった愚妹。今は落ち着いたデイドレスと、義弟が贈ったという小さな青色の装飾品を身に着け……領主夫人として、母として健やかに暮らしている様子が見てとれる。

案外王都で大勢の貴族たちに囲まれ、愛憎や嫉妬渦巻く社交界にいるよりもこちらでの暮らしが合っていたのかもしれない。

きっと、今妹が送っている生活がこの優しい味に現れているのだろう。

そしてこのイモ菓子が腹に堪え……いや、大変腹持ちが良いのだと、リィナの言っていたことを私は身をもって思い知ったのだった。夕食は少なめにと使用人に頼むほどに。

＊■＊

「ここがカールトン辺境伯様のいらっしゃる領都です、さっき潜《くぐ》ったのが大外の城壁で、内側に三枚の城壁があります。一番奥の左前に見えているのが辺境伯様の城館ですよ」

馬車の窓から見える景色を説明すれば、ノラは喜ぶ……かと思ったのに彼女は景色を確認しながら黙り込んでしまった。元気に満ち溢れて、何にでも前向きだったノラはあまり元気がない。正確には、辺境伯領都へライベリー村の件と、深淵の森付近で竜が暴れた騒動について辺境伯様に説明をしに行くから、一緒に来て欲しいと伝える数日前から落ち込んでいるような、怖がっているような感じなのだ。

「……大きくて立派なとこだね。あそこに辺境伯様が？」

「そうだ。東部辺境を治めるビアトリクス・カールトン女伯爵が暮らす場所だ」

「辺境伯様って女なの？　女でも領主になれるんだ」

ノラは私の隣に座っているヨシュアに驚いた視線を向けた。

「この国には東西南北に四つの辺境伯家がある。東部辺境を纏めるカールトン辺境伯家の現当主と先代当主は女性だ。カールトン家の当主は東方騎士団の団長を兼務するから、当主となる者には剣や槍などの武芸と魔法に関する技量が求められる。性別は問われないな」

「へえ、領主とか当主とか、そういう偉い立場になるには男じゃないとダメなんだって思ってた」

「そういう国もあるが、我が国では性別による差別はない。それぞれの家の方針があるだけだな。性別に関係なく長子が当主となる家もあれば、兄弟の中で武芸や魔法、学術に最も秀でた者が当主となる家もある」

「そうなんだ。……ねえ、二人は領主様に会ったことある？」

私たちは揃《そろ》って首を縦に振る。

「やっぱり、怖い人かな？」

「ううん……理不尽なことはおっしゃったりしませんし、使用人への気遣いもある優しい方ですよ」

「そう、そうなんだ……」

私の答えにノラは小さく息を吐いて窓から見える城を見つめた。

「ノラちゃん、どうかしましたか？　この間から元気ないですけど」

「え？　ううん、元気だよ！」

「でも、そうは見えないのですが」

「元気だってば、大丈夫！　ご飯も三食しっかり食べてるしね」

そう言ってノラは近づいてくる辺境伯様のお城に視線を向けた。

確かにご飯はしっかり食べているし、お茶の時間に用意されるお菓子も食べている……けれど、元気な自分を頑張って演じているようにしか見えなかった。更に言葉を続けようとしたのだけれど、良い言葉が思い浮かばなくて……私はただ彼女を見守ることしかできなかった。

私たちを乗せた馬車はカールトン領都の街中を進み、城館へと向かって進む。

ライベリー村で発生した疫病騒ぎから分かった一連の顛末《てんまつ》と、二十二年前に起きた疫病についての報告をするために。

＊＊＊

メルト王国には四つの辺境伯家があり、東部地域を纏めているのがカールトン辺境伯家。現当主ビアトリクス様は武芸に秀でた女伯爵様。代々武を尊ぶお家柄のため、城館の中は華美な品が一切なく実用的で飾り気のない調度品の並ぶ武骨な印象だ。

お城に入った私たちは控室に案内され、ヨシュアと馬で移動していたコーディ兄さんは辺境伯様の元へ報告に向かった。

控室として案内された客間にも武骨さは現れていて、丸いテーブルと木製の椅子が四脚、椅子にはカールトン家の家紋が刺繍《ししゅう》されているクッションが一つずつあるだけ。壁には家紋入りタペストリーが掛けられていて、本棚には兵法や武具についての本や地理の本がぎっしりと並び、その横にはこれまた何の飾りもないレイピアが二本飾られている。

暖炉には火が入って室内は暖かいし、メイドが温かいお茶も用意してくれて個人的には居心地が良いのだけれど……ノラは真っ青な顔をして、今にも倒れてしまいそうだ。

「ノラちゃん、大丈夫？」

「き、緊張してる、だけ」

平民であるノラちゃんが東部地域を纏める領主である辺境伯様と会うのだから、緊張するのは分かる。けれど、彼女の様子からすると緊張ではなくて、恐怖を我慢しているように見えるのだ。

「ねえ、リィナ」

「はい？」

「……私さ、処罰、されるんだよね？」

処罰？　ノラが？

「この国には死刑はないけど、その、死ぬより辛《つら》い罰を私は受けるんだよね？　そう思ったら、こ、怖くて……」

「ま、待って。どうしてそんな考えに⁉」

私は慌てて待合室の入り口で立ち竦んでいたノラを椅子に座らせ、用意してあったお茶をカップに注いで手に持たせた。お茶からは甘い果物の香りがする。

「だって、私……私の爺《じい》さんが大勢の人を死なせたんだよね？　だから、私が罰を受けるんだって」

「どうしてそうなるの？」

「でも、そう言ってたよ、みんな」

「みんなって？」

ノラちゃんは俯いて両手で包むように持ったカップを見つめた。

「……アストンの街で作業してた人たち。竜の骨と一緒に見つかった骨は、傭兵団〝紫紺の風〟のメンバー、爺さんとその部下たち。爺さんとその部下のみんなが、あの森で竜を殺した。お金目当てに竜を殺して、貴重な素材を手に入れようとしたんだって」

震える手でひと口お茶を飲むとカップをテーブルに戻して、ノラは私の顔を見上げた。その瞳には涙が溜《た》まっている。

「お金欲しさに竜を殺して……その毒を受けて死んだんだって。その竜の毒が川に溶け込んで、風に乗って、近くの村の人たちを大勢死なせたんだって。私の爺さんが、死なせたんだって……」

ノラの瞳から涙がポロポロと零れる。

「私の爺さんが、殺したんだって。たくさん、人を、死なせたんだって。だから親族が代わりに罰を受けるって……私が代わりに罰を受けるってことだよね！」

「ノラちゃん」

彼女を抱きしめれば、背中に両手を回してしがみ付いて泣きじゃくる。

アストン領都で作業をしていた人たち、とはきっとコーディ兄さんと一緒に掘り起こされた竜の骨と人の骨を元の形に戻す作業をしていた人たちのことだろう。彼らはアストン伯爵領とカールトン辺境伯領で働いている人たちと、それに砦で働いている人たちからなる混成の作業員たちだ。

多くのバラバラになった骨を拾い集めてそれをそれぞれの姿に戻す、という地道で根気のいる作業に疲れれば、愚痴のひとつも零れるだろう。愚痴がつい出てしまうことは理解できるけれど、でもそれを零す時と場所はわきまえてもらいたい。

「ノラちゃんの責任ではないでしょう？　ノラちゃんが罰を受けることなんてないよ」

「でも、私……同じことしようとした！」

「え？」

背中に回ったノラの腕に力が入り、強くしがみ付かれる。

「私、爺さんの仇討《かたき》ちをするって……竜をあの森から誘き出した。あのオッサンたちが竜を倒した場所より、もっと……村の近くに罠を仕掛けてたんだ。そこまで誘導して、殺すつもりだった」

「ノラちゃん、でも……」

「実行はできなかったよ？　黒騎士のオッサンたちが、倒してくれたし後始末もしてくれた。でも、そうでなかったら……私は爺さんと同じように、なにも知らず竜を殺してた。そしたら、もし、殺してたら……ライベリー村の人たちは、きっと竜の毒で苦しんで死んじゃったよ。私が竜を殺せなかったとしても、竜は村まで行って暴れたかもしれない。そしたら、皆竜に殺されちゃってたよ」

皆で家を作り、畑を耕して作物を作っていたライベリー村の土地は竜の毒で汚染されて人が暮らせない土地になり、村人たちは毒に倒れて……再び疫病を出したとアストン領は今より一層苦しい立場になっただろう。

でも、それは現実のことじゃない。いくら罠を仕掛けてあったとしても、ノラが竜を殺せるとは思えない。一撃で竜に殺されていただろう。そしてノラを排除した竜は森に帰り、変わらない生活を続けるのだ。

現実と仮定の話を一緒にしてはいけない。でも、自分の身も村に暮らす人たちの生活と命を危険に晒《さら》すところだった、という事実を分かってくれたことは良かったと思う。

泣きじゃくるノラの背中や頭をゆっくり撫《な》でてやること十数分、ようやく零れる涙の量が減ってきた。

「……結局、私は……ライベリー村の人たちを、危険な目に遭わせようとしたんだ……そんなつもりなかったけど。結果はそうなんだよ」

「ノラちゃん、大丈夫だよ」

「でも……」

「辺境伯様は優しい方だから。ちゃんと分かってくださるからね」

「嘘だ！　だって、貴族じゃないか！　平民の首一つ飛ばすことなんて、簡単なことだよね⁉　国としての死刑はないけど、殺しちゃえば済むは……」

いきなりノックもなしに控室の扉が開いた。

大きなため息とともに入室して来た人物は、私とノラを見て眉を顰める。その人は長い黒髪を馬の尻尾のように高く結い上げ、東方騎士団の騎士服に身を包んだビアトリクス・カールトン女辺境伯その人だった。その後ろに続くのは、夫君であるレナード卿だ。

「……ビィ、そんな顔をしては怖がられてしまうよ」

「一体どんな非情な人非人だと思われているのだ、私は？　民をすぐに殺して始末するような、そんな領主だと思われているのか？　そう思ったら、悔しいやら悲しいやら情けないやら」

私は立ち上がり、騎士礼を取った。横でノラが慌てて立ち上がり、頭を深く下げる。

「ああ、非公式の場ですからね。お二人とも楽になさってください」

「……座るといい」

辺境伯様が向かいの席に座り、レナード卿が背後に立ったのを確認してから私は礼を解いてノラを椅子に座らせた。その斜め後ろに立って軽く会釈をする。

「すまないな、リィナ卿。そなたの夫を都合よく使ってしまって、おかげで諸々解決できそうで喜ばしい限りなのだが……そなたまで振り回してしまっているようだ」

「とんでもございません」

「そなたはすでに騎士の責務を果たした身、この地でゆっくりと過ごしてほしいだけなのだが。本当に申し訳ないことだ」

「私は日々、穏やかに過ごさせていただいております。お心遣い、ありがとうございます」

辺境伯様は美しい笑みを浮かべ頷くと、視線をノラに向けた。椅子に座ったノラは小さく震えている。

「さて、ノラと言ったな。先ほど、そなたの本音を聞かせてもらった」

「あ……ごめんなさい……」

「なにに対しての謝罪なのか、さっぱり理解できないが……私の話を聞くがよい」

騎士服に包まれた長い脚を組み、辺境伯様は手にしていた書類をテーブルに広げた。

書類は二十二年前にアストン領ロンディル村で起きた疫病騒ぎと、今回ライベリー村で起きた疫病騒ぎの双方に関する報告書であるようだ。

ヨシュアらしい、やや四角いお手本のような文字が並んでいる。

「今から二十二年前、アストン領ロンディル村で疫病が発生し、ほとんどの村人が命を落とした。助かったのはたった三人、というから死亡率がかなり高い疫病であった……当時はそう報告されたのも仕方のないことだろう」

ロンディル村で村人が死亡し、ライベリー村の村人が体調を崩した原因は竜毒が原因であるとコーディ兄さんの署名入り証明書がテーブルの上に載った。

ライベリー村の北側にある森の中で成体のシープホーンパープルドラゴンが死亡し、その毒によって川下にあったロンディル村の村人は亡くなった。そして、その個体が持っていた同じく死亡した竜の卵が二十二年後、土砂崩れによって地表に顔を出しその後なんらかの原因で割れて中身が流出。その結果、森に入って来ていた村人が体調を崩したと証明書にはある。

「ノラ、そなたが先ほど言ったように……二十二年前、あの森で竜を討ち取ったのは傭兵団〝紫紺の風〟を率いていたそなたの祖父とその仲間たちだ」

「……」

「浄化の準備もなく、黒騎士もいない討伐は法に反する……その理由はもう分かるな？　そなたの祖父と仲間は竜を討伐し、その後発生した竜毒によって亡くなった。なぜ彼らが竜を討伐するに至ったのか、その経緯は不明だ。当時の事情を知っている人物……そなたにとっては大叔父に当たる先代の団長は高齢で、すでに会話が成り立つような状態ではないらしい」

不明ということは、高価な竜素材が目的だったかもしれないし、魔物討伐中に竜と遭遇したから討伐したのかもしれないし、もっと他の理由があったかもしれないということ。竜討伐に使われた罠らしきものが森にはあったけれど、それを含めて不明なのだ。

「誰に何と言われたのか私は分からぬが、罪とは個人が償うものであり、家族や縁者が償うものではない。故にノラ、そなたと二十二年前のことは関係がなく、そなたが償うことではない」

「……でも」

「そうだな、そなたにはそなたの罪がある。そなたは竜を自分から攻撃し傷つけ、住み処から誘《おび》き出した。その後討伐しようとしていたようだが……そなたに討伐は不可能だ」

それは私も同意するし、レナード卿も大きく首を縦に振っている。恐らく竜を討伐して仇討ちができると思っていたのは、ノラ本人だけではないだろうか。残念ながら、ノラは魔法が使えないし、戦う者としての素質がない。どちらかと言えば体を動かすことが苦手な方だろうと思う。

「結果、黒騎士たちが討伐しなければライベリー村に被害が及んだと推測される。推測の部分に対して責任や罪を問うことはないが、竜を傷つけ住み処から誘き出し必要のなかった戦闘行為を発生させたことに関する責任は、そなたにある」

「はい」

ノラは十六歳の少女らしく、素直に頷いた。

「ただ、そなたは十六歳の未成年者だ。本来、保護者の元で庇護《ひご》を受けて暮らす未熟な者……教育を受ける機会がなく、また浅はかな考えに至ったことを咎《とが》める者もいない環境にいた。それを踏まえ、処罰を言い渡す」

「……」

「アストン領ロンディル村跡地周辺はこれから竜毒の浄化と、果樹園の復興作業が始まる。そなたにはロンディル村跡地および果樹園復興作業への参加を命じる、期間は成人まで。そなたには新たな保護者を付ける故、その者の指示に従うように」

二十二年の間に野生へ返ってしまった広大な果樹園の復興作業は、主に草刈りと草の処分、果樹の剪定《せんてい》や土の入れ替えに肥料やりなど。奉仕作業としては大変な作業になる。けれどノラにとってはその方が良いのかもしれない……自分のしたこと、その先にあった危険性についてすでに分かっているから。

「閣下、彼女の保護者とは？」

そう尋ねるとレナード卿が「入れ」と命じ、ヨシュアに連れられて二人の男性が入室した。

一人は背が高く体が大きくて、いかにも傭兵らしい五十代半ばほどの男性。もう一人は二十歳になるかならないか、という年齢の青年で彼は線がやや細い。

「彼らは傭兵団〝紫紺の風〟の現団長と、そのご子息。ノラ、そなたにとっては……ああっと、ええ……そう、親戚だな」

「……従弟叔父《いとこおじ》と再従兄《またいとこ》です」

ヨシュアが説明すると、彼らは深く頭を下げた。彼らは揃って小麦色の肌に薄茶の髪と栗色《くりいろ》の瞳を持っていて、ノラとの血縁を感じさせた。

「アーロンおじさん、ニコ兄……」

「久しいな、ノラ」

ノラは実の家族との仲が良好ではない様子だったので、親戚である彼らとの関係がどうなのか一瞬不安を感じたけれど……従弟叔父だという男性の声は優しく、その顔にはノラの姿を自分の目で見た安堵《あんど》の表情が浮かんでいた。隣にいる再従兄もホッとした顔だ。最低でも、彼らとノラの間には親戚としての愛情が存在していて安心する。

「傭兵団の方もすでに代が変わっていて、二十年以上前の話を今更という気持ちもあるだろう。だが……彼らもロンディル村跡地の復興に全面協力してくれることになった。復興作業は勿論だが、あの辺は魔獣も出る。彼らが警備についていれば安心して作業ができるというものだ」

「元はと言えば、団員の起こしたことがきっかけであることは理解しております。それと、我らの小さな縁者が起こしたことも申し訳なく思っております。我らができることで償いとなるのならば喜んで」

　辺境伯様は団長の言葉に頷き、ノラに視線を戻した。

「再従兄殿が成人までの保護者となる。そなたは平民の子女にしてもかなりのお転婆《てんば》と聞いている、無茶をするな。よいな？」

「は、はい」

　話は終わり、と辺境伯様とレナード様、そして傭兵団団長とヨシュアが退出していく。部屋に残されたのはノラと彼女の再従兄と私だけになった。

「ノラ、話を聞いて驚いた。……僕たちが竜討伐は駄目だって言ったのに理解してくれなかったんだね、残念だよ。でも、キミが無事で周りにも影響がなくて良かった」

　再従兄はそう言って、ノラの頭に拳骨《げんこつ》を当てた。ゴツンと硬い音が部屋に響く。

「痛っ！」

「家族と上手く行ってないことは知ってたけど、家を出るのなら僕たちの所へ来るように言っておいたよね？　なのに一人で飛び出して。僕たちも団の皆も心配してたんだよ？」

「ご、ごめんなさい、仇討ちのことしか考えてなかった。団の皆は協力してくれないって分かってたから、ひとりでやらなくちゃって思って」

「馬鹿だね」

「ごめん。それで……私は、これからなんの作業をしたらいいの？」

　ロンディル村跡地のこと、これから先のノラがどこでなにをするのか。それを再従兄と共に改めて説明すると、ノラは「うん、分かった」と納得してくれた。

これからノラは成人を迎えるまでの二年間、ロンディル村で復興に関するたくさんの作業をすることになる。きっとそれは大変な作業ばかりで、成人前の若い女の子には辛いことの連続かもしれない。

それでも彼女に好意的な親族と傭兵団の仲間が一緒なのだから、きっと大丈夫。硬い表情なりに再従兄と話しているノラを見て、そう思った。

＊□＊

「さてさて、これでまた一つ解決だな！」

辺境伯閣下は満足そうに頷き、執務室へ続く廊下を歩く。機嫌が良いらしく足取りが軽く、結い上げた黒髪が大きく揺れる。

「閣下……竜討伐の経緯不明、本当によろしかったのですか？」

一番後ろを歩いていた大男、傭兵団〝紫紺の風〟の現団長は肩を竦めつつ呟いた。

「なんだ、経緯を決めてほしかったのか？」

「いえ、そうではありません。討伐理由を不明にしていただけたことは有難いのですが、普通に考えたら竜から取れる角や牙などの素材欲しさに、と考えるものでしょうに」

「まあ、そうかもしれん。だが、先々代のケイレブ団長はもういないのだ……虹の橋を渡ってしまった者たちは戻ってこない。本人から聞かない限り本当の理由は分からないのだよ、団長」

「はい」

「それならば、先のことを考えた方がいい。アストン領は長い間風評被害を受け続け、貧しくなってしまった。原因がはっきりとした今ここから、復興が始まる。団長、助力を期待するよ」

「かしこまり、ました」

深く頭を下げ、団長は震える声で誓った。

ライベリー村に拠点を置き、ライベリー村も守り開拓しながらロンディル村跡地の浄化、開墾作業を行い警備もする。しばらく傭兵として各地での働きは縮小せざるを得ないだろうが、村の開墾と警備という作業は彼らに新しい仕事の形として定着するかもしれない。

なにせ、この国の周辺ではここ何十年も戦争がない。平和なものであり、傭兵の仕事は魔獣狩りと護衛ばかりになっていると聞いた。団員を多く抱える傭兵団ほど、経営も生活も苦しいものだろう。

上手く行くことを願うばかりだ。

執務室へ向かって再び足を進めていると、ふと辺境伯閣下は扉の前で足を止めた。

「来週開催する新年祝賀会の場で義援金を募ろう。アストン伯からも、祝賀会の懇談中に復興資金を募る許可を願う手紙も貰っていることであるし」

レナード卿と私は顔を見合わせた。この辺境に君臨する女王は、唐突にものを言うときがある。

「二十二年前と先日の疫病騒ぎの真相を発表し、国から復興支援を受けるのだとも発表したら、今まで疫病に汚染された土地だのそこで収穫された作物など食えぬと言っていた者たちの目も覚めるだろう。復興義援金は幾らあっても多すぎることはない」

来週に開催されるパーティーと言えば東部地域で年明けを祝う、地域に暮らす貴族の全員が集まる場だ。確かに人が大勢集まる場であるし、国と辺境伯が疫病についての真相を認めたとなれば復興のための義援金を募る場としては最適と言えるだろう。

「そこで、だ。ヨシュア、おまえに頼みがある」

「なんでしょう?」

「悪いとは思っている、本当に申し訳ないことだと自覚もある。だが、敢えて頼む」

なにやら嫌な予感がする。他人に申し訳ないことだ、と思いながらも頼むことなんて碌《ろく》でもないことに決まっている。

「……なんですか? 聞きたくないのですが、とりあえず聞くだけは聞きます」

「ああ、ヨシュア! おまえは本当にできる男だ、中央に帰るのを止めて我が元へ来ないか? 出向文官などではなく、腹黒が人の形を取っている宰相の元を去り正式に私とレナードの補佐を……」

「それで、申し訳ない頼みとは、なんですか?」

「……それは、その、なんだ」

もごもごと口ごもられながら、執務室に入ると頼み事の内容を聞かされ……私は冗談ではなく両手で頭を抱えた。

メルト王国歴787年

五章　辺境の地の夫婦と新年祝賀会

メルト王国での一年は一の月から十二の月まで、十二に分けられていて年の改まりは一の月、公共機関の期の改まりや学校の新学期は九の月、と決められている。また、新しい年を迎えた祝賀会が東西南北と中央の五つの地域で一の月の終わりに、王家主催で行われる王都での祝賀会は三の月に開催される。

そして、東部で開催される新年祝賀会が翌日に迫った今、辺境伯様の暮らす城館は準備に大忙しだろう。準備を行う使用人や料理人たちは当然のこと、出席する夫人と令嬢も体を磨かれたり髪を手入れされたりする方に忙しい……はずだ。

「……まるで平民の家のようですわね」

事前の連絡もなく、突然我が家にやって来たお客様。この方の顔を見るのは二度目だ。

一度目はアストン領都にある治療院の中庭で、今のように突然やって来て言いたい放題言って帰っていった。

「こんな粗末な小屋のような家に暮らすなんて、ヨシュアもお気の毒に。わたくしにはできそうにありませんわ。ヨシュアがこの先も辺境での出向仕事を続けるようならば、わたくしは娘と共に王都で暮らすようにしなければなりませんわね。娘の教育のことも、社交のこともありますもの。王都の貴族街に屋敷を購入するよう、ヨシュアに言わなくては」

「フローレンス・ウーリー伯爵令嬢、本日はどのようなご用件でいらっしゃったのでしょうか？」

以前と変わらず彼女はとても美しい。光沢のあるオレンジベージュのデイドレス、虹色に輝く蛋白石《たんぱくせき》の装飾品と髪飾り、手にした白い扇はとても繊細な透かし彫りが入っている品だ。

東部辺境伯領都の中にあるこの家は、ヨシュアと私が二人で暮らす小さな家だ。辺境伯様の下で働く文官用に用意された借家で、高位貴族が暮らすような広さも華美さも無縁だ。当然、家の大きさに合わせて客間は小さめで、飾り気のない家具が並んでいる。豪華なデイドレスと装飾品を身に纏《まと》い、複雑な形に髪を結いあげているフローレンス嬢と実用的で飾り気のない部屋の組み合わせは異質な感じだ。

「まあ、わたくしのこと……あの子から、アストン伯爵夫人からお聞きになったのね？」

フローレンス嬢は白い扇で口元を隠すけれど、その目は嫌そうに歪《ゆが》んでいる。

「あの子が侯爵令嬢から田舎の伯爵夫人に落ちたことは喜ばしいことですけれど、ヨシュアの実妹であることは永遠に変わらないのが憎たらしいですわね。しばらく前だって、わたくしの方からわざわざヨシュアに会いに来て差し上げたというのに、不在の一点張りで追い返されましたのよ」

確か、アストン領に滞在して私がフローレンス嬢にあれこれ言われる前にも領主館に突撃して、マーゴット様に追い払われたとか言っていた。それでもめげずに再びやって来て私にあれこれ言って、再びマーゴット様に追い払われたとか。

「大人しく田舎貴族の妻として静かに暮らしていればよろしいのに、侯爵令嬢としての気分がまだ抜けていないのか高慢な態度で……」

「どのような、ご用件でしょうか？」

「……あなた、まだお分かりにならないの？」

何を分かれというのだろう。突然やって来て、強引に我が家に上がり込んで、私たちの生活ぶりを馬鹿にして、マーゴット様の悪口を言っただけだ。

「なにについて理解せよ、と？」

わざとらしく息を吐き、フローレンス嬢は扇を閉じて私に突き付ける。

「早くヨシュアと離縁なさい」

予想通りの言葉だった。

「以前に教えて差し上げたわ。あなたがヨシュアに相応《ふさわ》しい存在ではないということを、事細かく丁寧に。あれだけ丁寧に教えて差し上げたのですもの、あなたがどんなにおバカさんであっても理解ができたはずです。さあ、早く離縁なさい！」

「お断りします」

当初から決めてあったお返事をすれば、フローレンス嬢は驚いて息を呑《の》んだ。私が断るなんて、想像もしていなかったのだろう。

「な、なんですって？」

「ですから、お断りします。ヨシュアとの離縁は考えておりませんので」

「離縁、しない、ですって？」

「はい。離縁の予定はございません」

「この、平民のくせにっ！」

勢いよく素朴なデザインのソファから立ち上がると、手にした扇を私に投げつけてくる。投げつけられた扇を片手で受け止めると、テーブルの上に置いた。やっぱり扇には大きく枝葉を広げた木と、そこに遊ぶ小鳥という透かし彫りが細かに施されている。かなり高価な品に違いない。

投げつけた扇を受け止め、テーブルに戻したのを見てフローレンス嬢は怒りで顔を真っ赤にした。

「あ、あなた……わたくしの言うことが聞けないなんて！　これはわたくしの善意による忠告でもあったのですよ⁉　それを無下にして！」

「それはなにに対しての忠告でしょうか？」

「わたくし、あなたを苦しめるつもりも辱めるつもりもなかったというのに！　わたくしの教えを聞き忠告を受けいれるのであれば、穏やかな形でのお別れを考えていたというのに！　もう許さないのだから‼」

フローレンス嬢はそう言い、テーブルの上に置かれた扇を摑《つか》んで出口へと淑女らしからぬ大股で近づいた。そして、半分開いていた扉に手を当ててから振り返る。

「後悔なさるといいわ、ヨシュアは必ずわたくしを妻に選ぶのだから！　選ぶようにしてやるのだから！」

言葉の勢いそのままに扉を開け、そのままの勢いで部屋を出て……私がお見送りする隙も与えず彼女は我が家から出て行く。その後すぐに家の前に停まっていた馬車が動きだし、通りを商店街の方に向かって下っていった。

「……リィナ様、大丈夫ですか?」

通いで家政婦をしてくれているエイダさんが、恐々といった様子で客間に顔を見せた。

「大丈夫ですよ。すみません、気を遣わせてしまって」

「いいえ、貴族のご令嬢様にはああいった感じの方が大勢いらっしゃるので、私は慣れております。お疲れになったでしょう、食堂にお茶とお菓子をご用意いたしましたよ」

「ありがとうございます」

客間を出て食堂へと移動する。食堂のテーブルには卵を使った小さなタルトとお茶が用意されていて、タルトの甘く優しい香りが室内に満ちていた。

「それにしても、癇癪《かんしゃく》玉のような方でいらっしゃいましたねぇ」

自分の思い通りにならないことがあると癇癪をすぐに起こすから、地面に投げつければすぐに破裂する癇癪玉のようだと例える気持ちはよく分かる。

「ヨシュア様がリィナ様と離縁してあの方と再婚なさるとは、とても思えませんけれど」

エイダさんは食堂と繋《つな》がる居間の隅っこにあるドレスに視線を向けた。

トルソーが身に付けているレースや刺繍《ししゅう》をふんだんに使い、腰から流れるドレープが美しい緑色のドレスはヨシュア自らがドレスショップに赴いて新年祝賀会用に用意してくれたもの。合わせる装飾品も橄欖石《かんらんせき》と翠《すい》玉を組み合わせた耳飾りと首飾り、翠玉と琥珀色《こはくいろ》に輝く魔石をあしらった腕輪もヨシュアが宝飾店に出向いて選び抜いた品だ。

右手に残った傷痕はヨシュアの治癒魔法のおかげで目立たなくなっていっているけれど、それでも残っている。それを隠すために使う化粧品を、王都の有名化粧品店からわざわざ取り寄せてくれたりもした。これで選んでくれた短いデザインの手袋も傷痕を気にしないで着けられる、と嬉《うれ》しかった。

この自分の色を使ったドレスと装飾品を自ら選んだ事実を考えれば、とても離縁を考えているとは思えない。

「……明日、何事もなく終わればよいのですけれど」

首を左右に振りながら、エイダさんはお茶をカップに注いでくれた。

「本当に」

食堂の椅子に座り、私は香ばしい卵のタルトを食べてお茶を飲む。

明日の新年祝賀会が何事もなく終わるとはとても思えなくて、気が重い。そんな気持ちで飲んだお茶はいつもよりも渋く感じた。

＊＊＊

自宅前まで迎えに来てくれた馬車に乗り、新年祝賀会が開かれる辺境伯様のお城に向かった。

エントランスで受付を済ませ、会場である大ホールへ続く階段をエスコートされながらゆっくりと上る。

お城にある大ホールは広くて天井が高く、天井から吊《つ》り下がる大きなシャンデリアからは黄色みを帯びた光と、青みを帯びた光の二種類がキラキラと放たれていた。会場の隅には軽い食事とデザートが用意されて、使用人たちが会場を行き交い色とりどりの飲み物を配って歩く。

新年祝賀会ではダンスは行われず会話が主体だと聞いているけれど、楽団がゆったりとした曲を演奏している。シャンデリアの明るく優しい光と楽団の奏でる穏やかな曲によって、会場全体が和やかな雰囲気に満ちていて、私はホッと安心した。

「そう緊張なさらなくても大丈夫ですよ」

「すみません、こういう場は慣れなくて」

エスコートしてくれている男性、テレンス・バロウズ伯爵令息は会場の隅に用意されている椅子に私を座らせてくれた。公式の場所で杖《つえ》は使えないので、どうしても足に負担がかかるしエスコートのお相手にも負担をかけてしまう。

「安心してください、一人にはしませんので。それよりも、エスコートが僕で申し訳ないです」

テレンス様はそう言って苦笑いを浮かべた。彼ははちみつのような色の金髪に深緑の瞳、優しい雰囲気を纏う好青年だ。辺境伯様の従弟《いとこ》で上級黒魔法使いであり、隣国の大学校を主席で卒業するほど魔法研究に通じている博識のある方だ。

「とんでもない。突然のことでしたのにエスコートをお引き受けくださり、ありがとうございます」

「こちらこそ、黒騎士様をエスコートできるなんて光栄です。補佐官殿の代わりにエスコートを、と辺境伯より命じられたときは、もう、目線で射殺されるかと思いました。補佐官殿も、アレクシスも僕を睨《にら》んできて凄《すご》かったです。是非、リィナ卿《きょう》にあの顔を見ていただきたかった」

ヨシュアはともかくとして、どうして辺境伯様の長子アレクシス様までもテレンス様を睨むのかが分からない。

「お分かりにならないのなら、その方が良いかもしれませんね。アレクシスには気の毒ですが」

「……はあ」

私には分からない話がきっと裏ではあるのだろう。そう思っていると、テレンス様が使用人から果実水の入ったグラスを受け取って、淡いピンク色のものを手渡してくれた。

グラスからはベリーの甘酸っぱい香りがする。

飲み物の香りと味を楽しんでいると、周囲からチラチラと無遠慮な視線を向けられて、なにやらひそひそと話をされていることに気が付いた。最初は気のせいかと思ったのだけれど、何人かと視線が交わったので間違いないだろう。

「?」

もしかして、平民出身である私が新年祝賀会に出席していることで周囲の人たちに噂《うわさ》されているのだろうか。フローレンス・ウーリー伯爵令嬢のこともあるし、可能性としては十分にある。テレンス様には申し訳ないけれど、今日の祝賀会は壁に張り付いて時間になるまで息をひそめているのがいいだろう。

「申し訳ない、僕のせいです」

「え？　それは、どういう？」

テレンス様は首を左右に振って、手にしたオレンジ色の果実水を一気に飲み干した。

「僕は辺境伯閣下の縁者ですが、婚約破棄された傷物なのです。そんな僕が祝賀会に参加しているので、皆噂話《うわさばなし》をしているんです。変な目で見られてしまって、本当に申し訳ないです」

「……婚約破棄？　あなたが？」

「はい。聞いたことありませんか、ウルクーク王国で流行中の〝真実の愛病〟の話」

「あ、ああ。……まさか、テレンス様も？」

使用人の持つ銀色のトレーに空になったグラスを返して、新しく薄白色の果実水をテレンス様は手にした。

「僕、ウルクーク王国の大学校に留学していました。そこで古代魔法の研究をしていて、卒業してもウルクークで大学校所属の研究者として生きて行こうと思っていたんです。僕は三男で、家を継ぐとか関係ありませんでしたから」

テレンス様は辺境伯様の従弟で、バロウズ家の人間はその多くが代々東方騎士団に所属する騎士や魔法使いだと聞いた。先代辺境伯様の旦那様が、伯父様であるとも聞いている。テレンス様本人には武術の才能がなかった代わりに黒魔法使いとしての才能があった……のだけれど、黒騎士が使う古代魔法の仕組みや成り立ちに興味を持っていてそちらに夢中だったらしい。

「大学校に古代魔法を研究している先生がいて、その先生から家に婿入りするようにって言われたんですよ。先生の娘さんと結婚して、引き続き研究をするようにって。僕としては研究が続けられるのなら、なんでも良かったんですよね……娘さんの年齢とか容姿とか趣味とか興味はないので、本人の好きにしてくれたらいいって思っていて。だから、先生を介して婚約しました」

「……そこに、例の病、ですか？」

「はい。どうも、僕が彼女にあまり構わなかったのが問題だったらしいです。月に二回はお茶したり出かけたりしていましたし、誕生日とかお祭りとかには贈り物もしていたんですけどね。どうも、彼女はずっと一緒にいてほしい感じの人だったらしくて」

なるほど。婚約者であるご令嬢は、婚約者であるテレンス様と頻繁に会って仲良くしたいと思っていた方で、対してテレンス様は婚約者として最低限の関係を保ちつつ研究に一生懸命だった。どちらが悪いわけでもなくて、単純に相性が良くなかったようだ。

「そんな彼女に、いつも一緒にいてくれる相手が見つかったようで……そちらの恋人さんを愛しているのだと、真実の愛の相手と結婚したいから自分との婚約を破棄したいという話になりました。僕としては研究ができる環境が欲しかっただけですから、婚約がなくなることに異議はありませんでした」

「で、ですが、それならば婚約を解消したら良かったのでは……？」

婚約に対して破棄することと、解消することでは意味合いが違って来る。貴族社会ではその違いは大きな意味を持っていると聞いた。

「彼女と恋人が非常に盛り上がっていまして、とある高位貴族が開いた夜会で婚約の公開破棄を決行しちゃったんですよ。もうね、舞台劇を見ているのかと思いました……僕、当事者だったんですけど。僕という邪魔者に愛を引き裂かれそうな悲劇の恋人たち、周囲もその引き裂かれそうな恋を応援する感じでした」

真実の愛で結ばれた恋人たち、そのふたりが引き裂かれようとしている……気持ちのない政略結婚によって。なんて気の毒なふたり！　そういう感じだろうか、きっとその場は盛り上がったに違いない。

「大きな夜会だったので、先生も僕もどうにもできない状況でして……彼女の有責で婚約破棄をしました。本当はそのままウルクーク王国に残って古代魔法の研究を続けたかったのですが、父母と伯父が怒り心頭で今にも武器を持って殴り込みに行きそうでして……戦争になる前にメルト王国へ戻ってきました」

「それは、大変でしたね」

「はい、大変でした。そんなこんなで、ウルクーク王国で〝真実の愛病〟によって婚約破棄されて出戻ってきた傷物、と僕は噂話のネタになっているのです。本当に申し訳ありません」

「とんでもありません、お気になさらずに。それにしても、〝真実の愛病〟とは恐ろしいですね」

少しぬるくなったベリーの果実水を口に含む。可愛らしい色に甘酸っぱい味の果実水はとても美《お》味《い》しいけれど、飲んでもすっきりはしない。ウルクーク王国での話を聞いたせいだろうか。

「まあ、僕などまだかわいい方ですよ」

「そうなのですか？」

「はい。ウルクーク王国で猛威を振るっている〝真実の愛病〟ですが、中でも一、二を争う大病を患ったのがベイリアル伯爵とその恋人ですね。彼らに比べたら、僕なんて軽く済んだと思いますよ」

ベイリアル伯爵……またどこかで聞いたことのある名前だ。

「もう、ちゃんとお話ししたことは覚えておいていただきたいわ！」

思い出そうと考えを巡らせようとしていた瞬間、不満そうな声が降ってきて私は驚いた。

「マーゴット様、アストン伯爵様」

「義姉上、お元気そうでなによりです」

美しい光沢の青いドレス、青玉と真珠を使った装飾品を纏ったマーゴット様、彼女をエスコートするアストン伯爵は黒い正装に臙脂《えんじ》のポケットチーフ、濃い緑色のカフスとラペルピンという装い。

お二人とも、よくお似合いだ。

「お二人とも、お会いできて良かったです」

椅子から立ち上がって一礼すれば、お二人も返してくれる。その後、顔見知りであるらしいテレンス様とも挨拶を交わした。

「リィナさん、夫人同士の会話の内容は細かなところまで覚えておくものよ？　しっかりなさって」

「すみません。ベイリアル伯爵のお名前を聞いた、という覚えはあったのですが……」

正直に白状すれば、アストン伯爵は優しく笑って「マーゴは簡単に言いますけど、全部覚えておけなんて難しいですよね」と庇《かば》ってくださった。

「ベイリアル伯爵はあの女の元夫、ですわよ」

「あ、ああ！　そうでした」

アストン領都のお屋敷でマーゴット様とお茶をしたとき、教えてもらっていたことだ。

「ベイリアル伯爵の家では武器商をしていますよね」

テレンス様はアストン伯爵の問いかけに首を縦に振った。

「ベイリアル伯爵の領地には良質な鉄や銅が取れる鉄鉱山があるようで、武具の生産が盛んです。主に武装、剣や槍《やり》などの武器と防具類を扱っています。その売買関係でメルト王国の貴族と政略結婚したらしいです。でも、伯爵には結婚前から恋人がいてその恋人との間に、息子が生まれたことで真実の病が発病したとか。政略で結婚した相手とは、娘と生まれたばかりの息子がいたのですけど……」

「ですけれど？」

「生まれたばかりの息子を始末して、政略妻とは離縁して娘と共に放逐。その後、跡取り息子とその母親である恋人を正式に迎え入れた、という話です。ウルクーク王国は性別による差がかなりある国です、跡取りは男子のみ、文官武官、魔法使い、学者や教師も全員男子のみって国ですからね。跡取りの男子を産んだ人を邪険にはできないと」

「でも、男の子は生まれたのですよね……その政略結婚のお相手さんとの間に」

「はい。でも、〝真実の愛〟の前では……邪魔でしかなかったんでしょうね。恐ろしい話です」

喉がカラカラに乾いた感覚がして、私は果実水を飲み干し使用人のトレーに空のグラスを返す。

フローレンス嬢は産んだばかりの息子を父親である人に殺されてしまった……と？　小さな命を奪ってまで結ばれる愛、それは果たして〝真実の愛〟と言ってよいものなのだろうか。ただただ、私は恐ろしく感じた。

大きな拍手が会場に鳴り響き、辺境伯様ご夫妻が会場入りする。

「ビアトリクス・カールトン辺境伯閣下、レナード・カールトン東方騎士団副団長、ご入場」

差し伸べられたテレンス様の手に自分の手を載せ、椅子から立ち上がり拍手する。

シャンパンゴールドのドレス、大きな碧玉《へきぎょく》のネックレスに揃《そろ》いの耳飾り、歩くと揺れるデザインになっている髪飾りという装いの辺境伯様と、共布のポケットチーフにカフスやラペルピンなどは同じく碧玉で揃えた黒い正装のレナード卿の姿が見えた。

東部辺境を治め、東部地域に暮らす貴族のまとめ役である彼らは、確かに東部地域の王の貫禄《かんろく》を感じさせる。私は素直に拍手を送り、美男美女でお似合いだと見守った。

そして、その後で来賓が入場する。

「フローレンス・ウーリー伯爵令嬢、ヨシュア・リーウェル子爵」

ヨシュアにエスコートされたフローレンス・ウーリー嬢は、輝くような笑みを浮かべ会場上座の壇上に上がった。クリームベージュと煌《きら》びやかな緑色の二色で作られたふんわりとしたデザインのドレス、翠玉で作られた装飾品がキラキラと輝いている。ヨシュアは濃いグレーの正装に青色のカフス、胸元にはクリームベージュと緑色の布でできたコサージュの花が咲いていた。

「……」

今日の新年祝賀会でエスコートができない、と本人から言われていた。どうしても外せない仕事ができてしまったのだと、謝罪も受けている。辺境伯様とレナード卿からもヨシュアを貸してほしいとお願いされていた。

だから、辺境伯様の従弟であるテレンス様が代わりに私のエスコートをしてくださったのだ。

だから、ヨシュアが仕事で他の女性をエスコートするのだろうと察していた。承知もしていた。

だけど、その相手が彼女だとは思っていなかった。

「ウーリー伯爵令嬢は、武具を多く扱うウーリー商会のご令嬢でいらっしゃいます。ウーリー商会は我が国にある五つの騎士団、特に辺境で活躍する騎士団への取引を大幅に見直し、また援助をしてくださると……」

彼女が紹介され、東方騎士団へのウーリー商会からの話に祝賀会参加者が沸いている。

魔獣や竜に対する防衛対策が必要な辺境において、軍備の増強は大切なことだ。その援助や取引の見直しが掲げられたら、歓迎されるのは当然だ。

おそらく、取引と引き換えにフローレンス嬢がこの会でのエスコート相手にヨシュアを指名したのだろうと思われる。

通常ならヨシュアは断る一択だけれど、辺境伯様と東方騎士団、ひいては東部辺境に暮らす人たちのため。辺境伯様がヨシュアに彼女のエスコートを頼んだのも、その事を私に謝罪して代理人を付けたのも、これらの事情がさせたことだったのだ。

ヨシュアは外せない仕事ができた、と言った。彼女のエスコートは仕事。

ぴったりと体を寄せてヨシュアのエスコートを受けるフローレンス嬢は、壇上から私を見つけるとフフンッと勝ち誇ったように笑ってヨシュアに体を寄せた。

ぐらりと体が揺れる。

ヨシュアの回復魔法とマッサージによって、少しならば走れるほどにまで回復したはずの右足に力が入らなくなり、膝が抜けるような感覚とともに体が傾く。

「リィナ卿、大丈夫ですか。僕につかまっていてください、支えますから」

すぐに私の体を抱えるように支えてくれる腕があった。古代魔法の研究ばかりしていて、体など鍛えていないと言っていたのにテレンス様の腕は力強くて、私を支えても安定している。

「リィナさん、大丈夫？　顔が真っ青よ？」

マーゴット様とアストン伯爵も心配そうな顔で私を心配してくれていた。

「す、すみません。ありがとうございます、大丈夫です」

「今日、僕は貴女《あなた》の杖ですからね。無理せず、存分に使ってください」

テレンス様の笑顔に、私も自然に笑みが浮かんだ。親戚なだけあって、辺境伯様と少し似た顔立ちはとても優しい雰囲気をしていた。

＊□＊

表情に乏しい、学生の頃によく言われていた言葉だ。最近はそうでもなくなってきていたが、今私の顔は仮面か人形のように無表情で固まっているだろう。

新年祝賀会のエスコートするために相手の控室を訊《たず》ねれば、侍女が室内へ招き入れてくれた。

「お久しぶりね、ヨシュア。お手紙に返事はくれないし、魔道通信にも出てくれないし、会っても

くれないなんて……酷《ひど》い人」

「……」

室内は強い香水の香りが充満していて、鼻がおかしくなりそうだ。ソファを勧められてテーブルには茶と菓子を用意してくれたが、何が入っているのか分からない。

十年ぶりに顔を見たエスコートの相手である元婚約者は、少女らしさが抜け貴婦人になっていた。見目は確かに美しい部類に入るだろうと思うが、私の心を揺さぶるようなものはなにも感じられない。

「帰国してすぐに王都のタウンハウスへ行ったのよ？　そしたら、別のお家の方が暮らしていて驚いたわ。それで調べたらカールトン領都にいるって分かったから訪ねたのに、今度はアストン伯爵領にいるっていうのだもの。本当に驚いたわ」

この元婚約者であった彼女が嫁ぎ先から離縁されて、国に戻ってきたことは知っていた。離縁される少し前に、生まれたばかりの幼い息子が不審死したことも……それに元夫が関係しているのではないかという話も聞いた。

おかしな理屈での離縁も、幼い子を亡くしたことも気の毒だと思うが、それ以上の気持ちはなく、送られてくる復縁を匂わす手紙は不快感を煽《あお》るだけだった。

「まさか、マーゴット嬢が辺境の田舎伯爵の元に嫁いでいるなんて思わなかったわ。彼女には、田舎貴族くらいしか嫁ぎ先がなかったのでしょうけれど……嫁ぎ先があっただけでも幸せよね」

確かにその通りだが、今愚妹はこの東部辺境で幸せに暮らしている。

夫婦仲は良好で跡取り息子にも恵まれて、領民たちとの仲も良好。この女にとやかく言われる筋合いはなく、また不快感が増した。

「あの子ったら、わたくしの顔を見た瞬間酷く怒って帰れとか、あなたには会わせないとかしか言わないのよ。お屋敷にも入れてくれないなんて、酷い伯爵夫人ね？　あなたがあの子を愚妹と呼ぶことに納得したわ」

フンッと鼻を鳴らしたこの女は、何かを思い立った様子で両手を合わせてソファから立ち上がると、その場で一周回って見せた。祝賀会用のドレスがふわりと揺れる。

「どうかしら？　今日のためにあつらえたドレスなの、わたくしとヨシュアの色を使っているのよ。ね、素敵でしょう！」

どうやら隣国ウルクーク王国では夫婦や婚約者同士の間で双方の色を使った衣装が流行《はや》っていて、彼女の臙脂《えんじ》色を基本にクリームベージュの差し色を入れたドレスは、自分と私の色を使ったものであるらしい。

私の色を断りもなく勝手に使い、そのドレスを身に纏うなど……ますます不快だ。

「まあ、そんな怖い顔をなさらないで？　今日の新年祝賀会ではわたくしたち、パートナーなのですものね。あなたの妻になっているあの子、本日は欠席なさるのかしら？　それとも別の方とご一緒されるのかしら？」

そう言って笑う元婚約者の笑顔は全く美しくなく、歪んで見える。

「ウーリー伯爵令嬢には関係のないことです」

「あら、そうかしら。ヨシュアとあの子のつながりは、わたくしにも関係があってよ。ああ、それとわたくしのことはフロウと呼んで？　伯爵令嬢なんて堅苦しいわ」

「私を名で呼ばないでいただきたい、リーウェル子爵か補佐官と。それから愚妹は愚かな女ですが、伯爵令嬢にあれこれ言われる立場にはおりません。ご理解ください」

「もう、ヨシュアったら！　そんな他人行儀な態度を取るなんて、相変わらず意地悪ね」

他人行儀もなにも、実際他人だ。元婚約者という関係は、顔見知り程度と同じだと思うのだが、違うのだろうか。相変わらず言葉が通じなくて、不快感とともに苛立《いらだ》ちが募る。

「ヨシュア、お手紙で何度もお願いしていたけれど……あの子と離縁してわたくしと結婚してちょうだい。いいでしょう？」

そう言って元婚約者は私の隣に座り、体を寄せてきた。濃い香水の香りが鼻の奥を刺激して、痛みを感じる。

「その話でしたら、お断りしました」

「よく考えてちょうだい。黒騎士でなくなったあの子と一緒にいる理由なんてないでしょう？　国の政策で決められた結婚なのですもの」

「それは……」

「いいの、言わなくていいのよ。黒騎士でなくなったからすぐ離縁、なんて外聞が悪いもの……すぐに離縁はできなかったことは分かるわ。でも、もうそろそろいい時期よ。あの子はあなたの子どもも産んでいない……離縁の理由がちゃんとあるもの」

私の言葉を遮るように、元婚約者は言葉を続ける。

「大丈夫よ、わたくしは子どもが産めるわ、実績があるもの。とても可愛らしい娘がいるの、新しいお父様ができると喜んでいるからすぐあなたに懐くはずよ。あなたに可愛い娘ができるのよ？それに実家のウーリー商会も昔より大きくなっているから、商会として侯爵家のお役に立てるわ」

べったりと体を寄せられ、私は元婚約者から逃げるように体を離した。

「お断りします」

「そう言わないで、貴族として前向きに考えて？　いいことばかりだもの」

何がどう良いことなのか理解ができず、元婚約者への嫌悪感が増した。

子爵という貴族籍が私たち夫婦の縁を切る原因となるならば、そんな籍など必要ない。王宮文官として多少なりとも有利に働くだろうからと叔父から貰った爵位だが、今すぐにでも返してしまいたい。

「ね、ヨシュア」

思わず声を荒げて否定の言葉を告げようかと思った瞬間、使用人に祝賀会への入場準備をする時間だと告げられた。

ソファから立ち上がれば、元婚約者は手を差し出す。手をひいてくれ、という催促だ。

本来なら跳ね付けたいところだが、この祝賀会の間はこの女をエスコートしてほしいと辺境伯閣下から頼まれている。

今後、東方騎士団と東方辺境地域にもたらされるウーリー商会の武具や兵装、それに関係する品々を優先的に入手するために、東部地域を守る手段を得るために彼女の希望を叶《かな》える。それが今夜の私に与えられた仕事の内容だ。

「ヨシュア」

差し出された手を取ってソファからゆっくり立たせると、熱くねっとりと絡みつかれているような感じがして背中に悪寒が走った。

婚約者であった頃はこうしてこの女の手をひいてエスコートしたし、ダンスも踊ったというのに。

「そうそう、忘れるところでしたわ。あれを持って来てちょうだい」

元婚約者の侍女はこの言葉に従って、あらかじめ用意していたらしい小さな正方形の箱を載せたトレーを運んで来た。

「これを付けてくださいな。今夜わたくしたちはパートナーですのに、あなたったらわたくしの色を全く身に付けてくださらないのだもの。そんなの、酷いわ」

小箱の中から出てきたのは、花の形をしたコサージュだった。男性用らしく小ぶりで、琥珀色のガラス玉で木の実を象った飾りと共にリボンで纏められている。

装飾品としての出来は良好だ。ただし、緑色とクリームベージュの二色で作られていて、この女が着ているドレスと共布《ともぬの》であるのが分かる。

元婚約者はコサージュを私の左胸に付けた。

「まあ、素敵よ。とても似合っているわ。ね、おまえもそう思うでしょう?」

侍女が「はい、大変お似合いです」と答えたのを聞き、満足そうに頷《うなず》く。

似合っていると賛辞の言葉を貰っても、全く嬉しくない。布とリボンで作られたコサージュの花であるにもかかわらず、強烈に匂ってくる香水に吐き気がした。

元婚約者と接した短時間で感じた悪寒と吐き気。リィナと結婚し共に過ごしている間に、私の心と体はすでに妻である女性しか受け付けなくなっているのだな、と実感した。

＊＊＊

祝賀会の会場に入れば人々の笑顔と盛大な拍手で迎えられる。正しくはこの女がではなく、この女が後々もたらすだろう武具や資材などに対する歓迎だ。この女がそれを正しく理解できているのかは疑問だが、盛り上がっていることに満足しているように見える。

「また新しい年を皆で迎えることができたことを、神に民に感謝しよう！　そしてこの一年間が実りあるものであるよう、平穏無事に過ごせるよう神と民に誓おう！」

辺境伯閣下が年明けの挨拶と共に果実酒の入ったグラスを天に掲げた。それに応えるように、会場にいる全員が「誓おう！」とグラスを掲げ、その中身を一気に飲み干す。

通年ならば、この後は懇談会へとなだれ込むのが流れなのだと聞いたが今年は少し違う。

「さて、年が改まっためでたい会で皆に報告することがある」

ざわついていた会場が静かになり、皆が辺境伯閣下の話に耳を傾ける。

アストン領内にある村で発生した疫病の原因が、近くの森で死亡していた竜の卵による竜毒であったこと、現在は浄化が進みアストン領は清浄化に向かっていること。卵の親であったであろう竜の骨も発見され、二十二年前に起きた疫病についても竜毒が原因であったことが報告された。

報告される内容の中で、竜を殺した傭兵たちについては伏せられている。すでに虹の橋を渡ってしまった者に対して責任を問うことはできないし、残された関係のある人たちへの配慮もあってのことだ。

「長きに亘《わた》ってアストン領は疫病の地、と言われ伯爵も領地の民も苦労をし続けてきた。彼らの作る作物は疫病に侵されている、食べると病にかかるなどという根も葉もない噂も流れて苦しい思いをしたことだろう」

顔色を悪くしている者、顔を見合わせて気まずそうにしている者がちらほらと見受けられる。だが、一概に彼らを責めることは難しい。なにせ原因が分からなかったのだ、自分の領地と領民を守るためにアストン領に関係する物事を遠ざけることは自衛の策であっただろう。

「噂に踊らされたと、心当たりがある者もいるだろう。だが、疑いは晴れたのだ。国はアストン領に対し復興援助を決め、我がカールトンも援助を惜しむことはしない。聞いたところによると、竜毒は自然に浄化されるまで十年以上の歳月がかかるという。あのアストン領での疫病騒ぎから二十年以上の時間が流れ……あの地の竜毒は自然浄化された、ことになる」

会場が騒《ざわ》めき、ひそひそと「本当に?」や「竜毒なんだろう?　二十年以上昔とはいえ大丈夫なのだろうか」と不安が顔をのぞかせる。竜毒が自然浄化される十年という時間は真実なのか、実際に竜毒は自然浄化されたのか、それを確認はできていないのだから不安に思う気持ちは分かる。

「皆の不安はよく理解できる、私も二十年以上たったから大丈夫だと断言はできぬ。故に、対象地域には通常行われる浄化作業を念のために行うことになった」

辺境伯閣下の言葉に先ほど会場に沸いた不安が消え、皆の顔に安堵《あんど》が浮かぶ。

「これからアストン領は伯爵夫妻を中心に復興の道を突き進むだろう、皆もそれを見守り、応援し、できる協力をしてほしい。私は同じ東部に暮らす者としての団結を願う」

会場の視線が義弟と愚妹の夫婦二人に向けられ、二人が深く頭を下げた。

辺境伯閣下が楽団に合図を送れば穏やかな春の楽曲が会場に流れ始めて、それをきっかけに会場は懇談の場に変わる。きっと義弟と愚妹の元には大勢の貴族が大なり小なりの援助を申し出てくることだろう……上手く復興の資金や人材を集められればいい。

「ウーリー伯爵令嬢、我が東部地域での新年祝賀会に参加してくださったこと、感謝申し上げる。東部では新年祝賀会ではダンスは行われず、会話を楽しむことが伝統でね。あなたのダンスが見られないのは残念だ」

着飾った辺境伯閣下がレナード卿のエスコートでやって来ると、朗らかに語りかけた。

「カールトン辺境伯様。こちらこそ、ご招待くださりありがとうございます。それにエスコート相手がいないわたくしに、素敵なお相手をご紹介くださったことも感謝申し上げますわ。ダンスは三の月、王都で開かれます浅春《せんしゅん》の会まで取っておくことに致します」

「では王都での再会を楽しみにしておこう。その時はぜひ、新たなエスコート相手との甘酸っぱい話を聞かせて欲しい。私はこう見えて、馴《な》れ初めなどの甘い話を聞くのが好きなのだ」

辺境伯閣下が他人の恋愛話を好んでいるなんて、聞いたことがない。いつも話すのはどこかの鍛冶師が仕上げた剣が素晴らしいだの、先日討ち取った猪《イノシシ》型魔獣の牙をどう加工したものか迷っているだの、最新の魔獣図鑑が欲しいだの、そんな話ばかりなのに。

「まあ、きっと辺境伯様には素敵はお話ができると思いますわ！　ねえ、ヨシュア」

べったりと体を寄せられ、ゾワッとした悪寒が背中を走る。

「知らん」

小声で思わず呟《つぶや》くも、この女は綺麗《きれい》に無視した。自分を否定するような言葉は、この女には届かないように耳ができているのだろう。

辺境伯閣下とレナード卿が他の者に挨拶をし、私と元婚約者も別の貴族と会話を交わす。

ふと、愚妹夫婦と辺境伯閣下が話をしている姿が目に入った。その後ろにリィナの姿を見つけ、自然に顔が緩む。私が選んだ緑色のドレスを身に纏っていることに、胸の中にある独占欲が刺激されて満たされるのを感じた。

だが、隣で体を支えるようにしているテレンス殿の存在が憎らしい。

辺境伯閣下の従弟である彼は伯爵家出身と身元がしっかりしていて、自分の研究に夢中で異性に興味がなく、婚約者も恋人もない安全な男だからとリィナのエスコート役に選ばれた。彼が嫌ならば、嫡子のアレクシス様がエスコートするというのでテレンス殿を受け入れたのだが、距離が近すぎる。

さらに私の瞳の色である緑のドレスだというのに、テレンス殿の瞳も緑のせいで彼の色のようにも見えてくる。それもまた憎らしい。

「ふぅん、想像していたよりも見られる姿になったのね。奥様のドレス、あなたの色かしら？　それともエスコートしている男性の色かしら？」

「……私の色に決まっているでしょう」

私が気にしているところを突かれ、口調が刺々しくなってしまったが元婚約者は楽しそうに笑う。その笑顔はニタリという表現がぴったりな嫌な感じだと思った。

「あの二人、お似合いだわ。年齢も一つ違いでしたわね、立場の方も見合っていますわ」

「な、に？」

まさか、テレンス殿とリィナがお似合いだと言い出すとは思わなかった。

「そうでしょう？　彼は辺境伯様の従弟で親戚ですけれど、婚約破棄された伯爵家の三男で立場があまりよくありませんのよ。彼女は黒騎士でいらしたけれど、もう退団されているし平民出身ですもの……二人は釣り合いが取れていますわ」

「…………冗談ではない」

胸の中にモヤモヤと黒いものが立ち上がる。

テレンス殿が婚約破棄していようがいまいが、伯爵家の三男坊で家を出て平民になる立場であっても、リィナと身分的に釣り合っていようが関係がない。

リィナの隣に立って良いのは、私なのだ。

「ヨシュア？」

「何度も申し上げますが、私は妻と離縁するつもりはありません。したがって、あなたと再婚することはありません」

そう言うと、元婚約者は眉を吊り上げた。

「よく考えてみて。わたくしたちは貴族ですもの、利のある結婚を優先するべきではなくて？　それにわたくしたちは元々婚約していたのだから、家の利益だけではなくて気持ちの方もついてくるでしょう？」

「気持ちなどついてはこない」

「え？　ヨシュア、なんて言いましたの？」

会場にいる大勢の人たちの話声で私の本音が聞き取れなかったらしい元婚約者は、わざとらしく体を寄せて小首を傾《かし》げた。体を寄せられた分、私が下がったので私たちの距離は変わらなかったがとにかく、不快だ。

「ねえ、ヨシュアったら……」

「おお、そうか！　すでにリィナ卿が復興援助金を寄付してくださっていたのか」

大きな辺境伯閣下の言葉に、周囲からは「おお」と騒めきが起こる。

「はい。親戚というご縁に加えて、義姉上はなくなってしまったロンディル村出身でおられます。あの地が浄化復興することは、故郷を取り戻すということにもなると」

「義姉《ねえ》様は元黒騎士、竜を討伐して得た報奨金の全てを寄付してくださいましたの。まだ疫病だと言われていた頃でしたのに。そのおかげで、ライベリー村の人たちは救われましたわ。それに、死亡していた竜の調査をしてくださった黒騎士コーディ・マクミラン卿は、義姉様とは師匠を同じくする兄妹弟子《きょうだいでし》でいらっしゃって……ご縁が繋がっていると感じますわ」

義弟と愚妹の声が聞こえる。おそらくは愚妹の白魔法、〝拡張〟を使って会場に都合の良い会話内容を響かせているのだろう。

「そうか、そうか。リィナ卿は我らが東部地域出身の黒騎士であったのだな、しかもロンディル村の生まれとは」

「義姉上は奇跡的に生き残ったのですが、当時はまだ二歳の幼子。諸々の打撃を受け、貧しかった我が領の救児院では生活を保障することができず……辺境伯閣下の領地にある救児院で暮らしておられたそうです」

「ほう。そうなのか、リィナ卿？」

「はい。二歳の頃より騎士学校に入学するまで、閣下の領地にて育ちました。大切にしていただき、御礼申し上げます。家族を亡くした私を育てていただいた恩返しでもあり、故郷が元の姿に戻るための一助になればと思った次第でございます」

リィナの声が響き、「まあ、情に深いお方なのね」や「故郷を思う気持ちがあるのはいい」や「竜の毒と分かる前から援助するとは素晴らしい」と言った好意的な声が多く聞こえる。

「ありがとう、リィナ卿。リーウェル子爵は夫妻揃って、東部地域に対して尽力してくれていることを嬉しく思う。感謝するよ。アストン伯爵夫妻もこれからが大変だろう、助力は惜しまぬ故遠慮なく言ってほしい」

義弟と愚妹は上手くやれたようだ。国と辺境伯家からの援助を受けることが決まり、更にこの地域出身の元黒騎士がすでに援助を行って、現役の黒騎士も協力をしている。辺境伯本人はアストン伯爵夫妻を気にかけ、自身の治める地の救児院で育った元黒騎士のことも好意的に受け止めている、と会場にいる多くの貴族に知れ渡った。

この様子ならば復興への寄付金や資材の寄付、人材の派遣などが多く見込めそうだ。

「まさか、今の話は……本当のこと、ですの？」

元婚約者は右手親指の爪を噛《か》む。思い返せば、この女は気に入らないことがあると無意識のうちに爪を噛む癖があり、父親や姉からよく注意を受けていた。結局この悪癖は直らないままでいるようだ。

「本当だ」

私が声を落として答えれば、元婚約者はより一層爪を強く噛む。

「そんな……あの子が、あんな傷だらけの子が……」

「……傷のことを悪《あ》し様《ざま》に言うのは控えることをお勧めする」

「な、なによ！　あの子が大きな傷を負って退団した、傷物であることは本当のことじゃないの」

元婚約者は目を吊り上げ、ムキになる。こうして自分の感情をむき出しにするなんて、貴族の夫人としては不合格だ。年齢を重ねている分、幼い頃の愚妹よりも酷い。

「ここは東部の辺境地域で、魔獣や竜の被害は少なくない。魔獣と戦う東方騎士団の半数は女性で、彼女たちは傷つきながら街や領民を守っている。当然、傷付いて体が不自由になったり、傷痕が残ったりする方も大勢いる」

「それが、なによ」

「この地域では傷痕は街や領民を守った証し、傷を負っても守り抜いた人たちに皆感謝こそすれさげすんだりはしない。公式の場では傷痕を服装や化粧で隠したりもするが、基本的に有りのままを受け入れるのがここでの考え方だ」

魔獣は人を区別しない。子どもだから女性だから襲わない、戦う術《すべ》を持たないから襲わない、貴族だから襲わない、そんな区別はしないのだ。だから、傷痕が残っているからと悪く言うようなことはしないし、なんの瑕疵《かし》にもならない。

「そんな……」

「リーウェル補佐官！　ここにいらっしゃいましたか」

「ああ、エアトン子爵、エアトン夫人。アレクシス様のお披露目日会以来ですね」

やって来た子爵の顔には頬から首にかけて大きな爪で付けられた傷痕があり、エスコートを受ける夫人は足を引きずるように歩く。領地の見回り中、魔獣に襲われ大ケガをしたのだ。こうした不幸に出くわす確率は、王都周辺に比べて辺境は各段に高い。

女性は服装や化粧で傷痕を隠したり目立たないようにするが、男性の多くはそのままなのだ。

会場を見渡せば子爵と同じように傷痕を持つ貴族があちこちにいて、それがここでは当たり前なのだと分かる。

子爵の顔にある傷を見て悲鳴をあげようとした元婚約者の腕を強く引き、私は無理やり貴族としての仮面を被り直させた。だが、会場の様子に気が付いた元婚約者は顔を真っ青にし、震えるばかりで……その後の挨拶は散々なものになった。

＊
■
＊

辺境伯様に声を掛けられ、問いかけには正直にお答えした。

マーゴット様宛に送金されていた竜討伐の報奨金、それを寄付としたのは私が決めてヨシュアを通じてアストン伯爵にお願いしたことだし、カールトン辺境伯様が治める領地にある救児院で育ったことも事実だし、家族が暮らしていて私が生まれたロンディル村地域が復興してくれたら嬉しいと思ったことも事実。

上手く話ができたのか自信はなかったのだけれど、アストン伯爵とマーゴット様が上手くまとめて話してくれて助かった。でも、マーゴット様が私のことを義姉《ねえ》様と呼んでいることがとても変な感じがする。

「……リィナ卿、飲み物をどうぞ」

「ありがとうございます」

テレンス様がオレンジ色の果実水が入ったグラスを差し出して、私はそれを受け取った。辺境伯様と話すことで人の視線が集まり、酷く緊張して喉がカラカラだ。果実水は柑橘《かんきつ》類の味がして、口と喉がすっきりとする。

「お疲れさまでした。どこの国にいても、偉い人と話をするのは疲れるものですね」

「テレンス様ったら」

「僕は子どものころからずっと、偉い人と話すのがとても苦手です。だから、多少なりともリィナ卿の緊張とお疲れ加減が理解できますよ」

私たちは笑い合って、ひっきりなしに来る貴族たちの相手を笑顔でしているアストン伯爵とマーゴット様をぼんやりと眺めた。

二人には援助の話が幾つも持ち掛けられていて、ちょっと上手く行きすぎなのでは？　と心配になってしまう。でも、マーゴット様がいることで大丈夫なような気もするから不思議だ。伯爵様一人では処理しきれなくても、マーゴット様と二人なら上手く処理できそうだと思える。

きっとそれが夫婦として共にある意味なのだろう。

「……」

忙しそうな二人から視線をずらせば、胸が大きく動いた。そこにはヨシュアの姿があって、その姿にホッとするのと同時に苦しくなる。その隣にいるのが、自分ではないから。

フローレンス・ウーリー伯爵令嬢は、ヨシュアの色である緑色と自身の色であるクリームベージュの二色を使った豪華なドレスを纏い、ヨシュアのエスコートを受けて蝶《チョウ》のように優雅に会場内で多くの貴族と懇談していた。

時折ぴったりと体を寄せ、二人だけの会話もしている。婚約者でも結婚相手でもない人と人前でぴったりと体を寄せ合っても良いのは、ダンスの時だけだと習っていたのだけれど。いつから決まりが変わったのだろうか、そんな気持ちになる。

あれは仕事だ、彼女をエスコートしているのは仕事。本人からそう聞いているし、そう理解している。でも、苦しい。

「……リィナ卿、顔色が悪いです。休憩室に行きますか？」

「でも、会場にいなくては……」

「大丈夫です、挨拶しなくてはいけない方にはもう済ませました。後はアストン伯爵夫妻と、補佐官殿にお任せして構いません。休憩室で休んで、補佐官殿の迎えを待ちましょう」

本当なら祝賀会の後半になるまでは会場にいなくてはいけないと分かっている。ヨシュアと私は東部地域にやって来てまだ半年にもならない新参だ、何をしていなくても会場にいた方がいい。

でも……ヨシュアと彼がエスコートするフローレンス嬢の姿を見ると、くじけそうになる。

「リィナさん、休憩した方がいいわ。顔色が本当に悪いし、さっきふらついていたでしょう？　お兄様には言っておくから、休憩室で待っていて」

「そうですよ、義姉上。顔、真っ青だ」

挨拶する人の波が途切れたアストン伯爵とマーゴット様にも勧められ、私は「はい」と休憩室に行くことを決めた。青い顔をしたまま会場にいて、彼らに心配をかけて足を引っ張ってしまってはいけない。

「では、参りましょう」

テレンス様にエスコートされ、私はこっそりと賑《にぎ》わう祝賀会の会場を後にした。

会場から伸びる廊下を進めば、扇型になったホールに出た。そこから三方向に廊下が続いていて、それぞれの廊下へ続く場所には東方騎士団の騎士が立っている。

「休憩室を利用したいのだけれど、お願いできるかな？」

女性騎士が立っている廊下の前でテレンス様が言えば、槍を手にした女性騎士はテレンス様と私を交互に見比べた。

「こちらは女性専用の休憩室になっておりますが、よろしいでしょうか？　ご夫婦でのご利用が可能な休憩室は中央廊下の先になります」

「こちらで問題ありません、彼女を休ませたいので」

「承知しました」

どうやらここ右側の廊下を進んだ先は女性が利用する休憩室があり、女性しか入ることができないらしい。警備の騎士は女性で奥から出てきてくれたのもメイドと、徹底されているようだ。

「リィナ卿、ここから先に僕は立ち入れない決まりなのです。メイドが案内してくれますから、ゆっくり休んでください。なにかあればメイドか騎士に頼んで僕を呼んでくだされば、すぐに駆け付けますから」

「……ありがとうございます、なにかあれば連絡致します」

辺境伯家の黒いお仕着せに身を包んだメイドに案内され、私は休憩室に入った。

大きな一人掛けのオットマン付きソファに丸いサイドテーブル、部屋の彼処《かしこ》に置かれた魔道ランプは丸い形をしていて可愛らしいデザインだ。オレンジ色や桃色といった温かそうな色味のひざ掛けや肩掛けにする大判ストール、ふんわりとしたクッションなども複数用意があり、女性が使うことを前提として用意されているのがすぐに分かった。

「お茶をお淹《い》れしますね」

「お願いします」

ソファに腰を下ろすと、体がとても重たく感じた。祝賀会に参加して、貴族の方々と話をするといった慣れないことをしたことで、自分で思っているよりずっと疲れていたのかもしれない。

大きく息を吐き、ひざ掛けを借りて足に掛けるとメイドがお茶をサイドテーブルに置いてくれた。

「薬草茶でございます。香りを吸い込むだけでも、気分が良くなりますのでお試しを。もし、ご気分がすぐれないようでしたら医療白魔法使いを手配いたしますが?」

お茶を淹れてくれたメイドにまで心配されてしまった。私の顔色はどれだけ悪いのだろう? 鏡のない部屋で良かった。

「だ、大丈夫です。お茶をありがとうございます」

サイドテーブルに置かれたティーカップを口元に運べば、爽やかな香りが広がる。甘みはなく、すっきりとした味わいのお茶は薄い緑色が優しい色合いだ。

「薬草茶はポットの中にまだご用意がありますので、ご自由にどうぞ。それから、ご用の際はこちらのベルを鳴らしてくださいい。すぐに参ります」

メイドはサイドテーブルの端っこに銀色のベルを置き、一礼して退出していった。

一人きりになると暖炉で薪が燃えるパチパチという音と、祝賀会会場の騒めきがかすかに聞こえてくる。まだ祝賀会は続いているのだ。

ヨシュアはまだフローレンス嬢と一緒にいるのだな、そう思うとまた気分が落ち込んで目の前が暗くなるような感覚に陥る。

華奢《きゃしゃ》なデザインの靴を脱いで足をオットマンに乗せ、大判のストールを足に掛け直すと足が冷えているのを実感した。具合が悪くなったのは、体が冷えたからかもしれない。ティーカップを両手に抱え、温かな薬草茶を飲めばお腹の中がじんわりと温かくなった。

「……失礼します」

ノックが聞こえ、先ほど出ていったメイドが入室し頭を下げる。

「はい？」

「リーウェル夫人、夫人にお会いしたいという者が参っております」

今、ここに？　自宅ならともかく、ここは辺境伯様のお城にある休憩室だ。誰が私を訪ねて来るというのか、想像もつかない。

「私に、ですか？」

「はい。お断りすることもできますが、如何《いかが》しましょう？」

「あの、いらしているのはどなたですか？」

もしかして、フローレンス嬢だろうか？　ここは女性しか利用できない場所だから、男性は入って来られない。けれど、フローレンス嬢ならば利用が可能だ。

もし、彼女だったらどうしよう？　何を言われるだろう、それになんと答えたらいいだろう？

不安と緊張で胸がドキドキと激しく鼓動する。

「それが、最近城館で一時的に預かっている平民の子でして……リーウェル夫人とは顔見知りだと言ってきかないのです。夫人はご存じでしょうか、ノラという名の少女なのですが」

「え、あ……ノラちゃんが？」

私は驚いて持っていた薬草茶のカップを落としそうになり、二重の意味で慌ててしまった。

＊＊＊

ノラは先週会ったときと比べて、見違えるように綺麗《きれい》になっていた。

薄茶色の髪は艶を帯び肌のきめも整って、温かそうなオレンジブラウンのワンピースを着ている。

骨折した腕を白い布でまだ吊っている姿は痛々しいけれど、古ぼけて黄ばんだシャツと洗っても落ちない汚れのついた茶色のズボン姿とは打って変わって、どこから見ても可愛らしい平民の女の子だ。

「その、突然、ごめんなさい」

ノラ用にと淹れてもらった甘いミルクティーに口を付け、彼女は突然の来訪を詫《わ》びる。

傭兵団がロンディル村の浄化復興作業とライベリー村周辺の警備に関する準備が完了するまで、ノラは辺境伯様の預かりとなっていて、現在は城館の使用人部屋で暮らしているとのこと。

これを機会に毎日お風呂を使い、着替えをし、身支度を整え、一日三回食事をとるといった基本的な生活と、最低限のマナー、読み書きと計算などを教え込まれているらしい。

ノラ自身は「大変なんだよ、特にマナーとか毎日風呂を使えとか」と不満そうだけれど、個人的にはとても良いことだと思う。ここで学んだことは、今後彼女の人生にとって良い方向に働くだろうから。

「訪ねてきてくれてありがとう。どうしているのか気になっていたけど、忙しくて。会えなくてごめんなさい」

「ううん。だって、リィナは貴族だから……そんな簡単に会えないって分かってる。でも、その、お願いしたいことがあって」

「なに？　私にできることならなんでも言って」

「これ……」

ノラはワンピースのポケットから一通の封書を取り出した。ポケットに入れて持ち歩いていたせいか、封筒の角がつぶれて丸まり全体的にくたびれている。

「あのオッサン騎士に……って、違うか。ウォーレン小父《おじ》さん？　に渡してほしい。字、汚くて読みにくいとは思うんだけど」

恐らくウォーレン先輩への謝罪とかお礼とかを書き綴《つづ》った手紙だろう。確かに綺麗な文字とは言いがたいけれど、大きく一生懸命に書いたことが窺える形だ。それに元気が良い感じがあって、ノラらしい文字だと思う。

「分かった、きっと喜んで受け取ってくれるよ」

「そうかなぁ……嫌がりそうだよ。私、あの小父さんにいろいろやったから」

「大丈夫だよ、ちゃんと渡して読んでもらうからね」

手紙を預かると、ノラは安心した様子でミルクティーを飲んだ。飲み干したカップをサイドテーブルに戻すと、ノラは私に体を近づける。

「リィナ、お願いがもう一つあるんだけど」

「なに？」

「……一緒に来てほしい所があるんだ」

「今から？」

壁に掛かった時計は夜の九時を指していて、辺境伯様預かりになっている未成年の少女が外出していい時間ではない。

「今からだけど、お城の中だから大丈夫」

「でも……」

「お願い、リィナ」

そう言いながらノラは私の手をギュッと握る。その顔はとても思い詰めている様子で、きっとなにか良くないことに関わっていて、良くないことが起きるだろうと感じた。こんな時間に城館の中とは言っても休憩室か祝賀会の会場以外の場所に行くなんて、駄目だ。それは分かってはいるのだけれど、ノラの思い詰めている真剣な顔を見たら断るなんてできなかった。

「……分かった、分かったから」

「ありがとう！」

私は靴を履き、大判ストールを肩に掛けてから休憩室を出る。扇型のエントランスとは逆の方向、廊下の奥の方へと進む。

私が使わせてもらっていた休憩室はエントランスの手前の方の部屋で、廊下には同じように用意された休憩室が幾つも並んでいて、その幾つかは利用中のようだった。姉妹なのか母子なのか、女性同士の声がわずかに聞こえてくる。

「この奥、物見塔になってるの」

「物見塔って、ノラちゃん、この建物のことよく知ってるの？」

廊下の突き当たりにある扉を開ければ、そこは物見の塔の内部に繋がっていた。円柱状の塔の壁に沿って螺旋《らせんじょう》状に階段が続き、壁には魔道ランプが灯《とも》っていて明るい。

「うん。この塔の上からは綺麗な星空が見えるってお城で働いてる人たちに教えてもらって、連れて来てもらったんだ。それから、時々見に来てる」

「星空を見るの、好きなんだ？」

「……うん。まだ私が家族と家族をしてた頃、母さんと一緒によく星空を見たんだよ。森の中で方角が分からなくなったときは、星を頼りにするんだってさ。母さんは爺《じい》さんに教えてもらったらしいんだけどね」

傭兵の知恵なのだろう、深い森の中で方向を知るための道具を持っていなくても、太陽が沈んでしまっても、森の外へ出るための知恵のひとつ。

「知ってる？　星には物語があるんだ。船が幻の大陸に向かう話とかお姫様が大きな魚と仲良くなる話とかいろいろあって、そういう話は凄く好きだったんだ」

「星の数だけあるんだってね、私は有名な物語しか知らないけど。星の話を纏めた本があったと思ったけど……なんて題名だったかなぁ？」

「なんて本？　ここのお城の図書室にもあるかな？　本の持ち出しはできないけど、図書室の中でなら自由に読んでいいって言われたんだ」

「ここの図書室なら必ずあるよ、辺境伯様のお子様たちもきっと読まれるから」

「リィナ、本の題名はなんていうの、思い出して！」

二人で話をしながら階段をぐるぐる上がる。階高にして四階か五階くらい上がったか、というところで塔の頂上に到着した。さすがに足が悲鳴をあげつつあるけれど、頑張って移動する。

外部に繋がる扉を開けると、冬の冷たい風が強く吹き込んで来て私たちは肩を竦《すく》めてお互いの体を寄せ合う。

「わあ、綺麗」

塔の屋上部分は円形の広場になっていて、複数ある城の内壁の一枚と繋がっている。点々と見える魔導ランプの灯《あか》りからするに、そのまま内壁の上をぐるりと一周できるように作られているようだ。有事の際はここから魔法や遠距離攻撃を仕掛けたり、防御結界を張ったりするのだろう。

「今日は星がよく見えるよ」

ノラの声に促され夜空を見上げれば、黒に濃い青、紫、緑などが複雑に溶け合った夜空に大きさも輝く光の強さもその色も様々な星が浮かんでいるのが見えた。

「本当、綺麗だね」

「あ、あの星……左斜め下くらいの青白い光のやつ、あの星の物語が好きなんだ。小さな熊が……」

楽しそうにノラが話してくれる星の物語を聞いていると、耳に聞き慣れたでもここで聞こえてはいけない声が聞こえた気がして……咄嗟《とっさ》にノラを抱えて床に伏せる。それと同時に空気を切るような音がし、数秒の後で私が肩に掛けていたオレンジ色のショールが二つに裂けて舞った。

「え、なに？」

何が起きたのか全く分からず、きょとんとしたノラ。

私が気配のする方へ視線を向けると、そこには黒い装束に身を包み半月のように曲がった剣を持った男が二人、コウモリ型の夜行性魔獣が三匹夜空を舞っているのが見えた。

「あー、ケガが原因で騎士業は引退して、お気楽な夫人業務について二年くらい？　戦う感覚なんてもう鈍りまくっているかと思ったのに、そうでもないのか。驚いた」

「な、なんで⁉　なんでこんなことするの！　約束が違う、リィナを呼ぶだけだって。リィナに話があるだけだって言ったじゃないか！　なのに、なんで‼」

ノラの叫びを男たちは笑い飛ばした。

「なんで攻撃するの⁉　ケガしたらどうするんだよ！」

「おまえに頼んだのは、この女をここへ連れ出してくれって頼んだだけだ。連れて来てくれたら、代わりにライベリーとロンディル周辺に対する援助する、そういう約束だった。大丈夫、俺たちの話が終われば援助金は支払われる手筈《てはず》になってる。俺たちは約束破ったりしてねぇだろ」

「話があるからって言うから来てもらったんだ、傷付けるなんて聞いてない！」

そう言ってノラは私と男たちの間に立つ。武器を持った男二人、その周囲を飛ぶコウモリ型の魔獣と対峙《たいじ》して、恐ろしくないわけがない。事実、ノラの足は震えている。

「話があるから呼んだのさ、話の内容は……〝ここで死んでほしい〟って内容だってだけ」

「そんな！」

「……」

なるほど。ノラが気にしている過去に祖父のしたことと、自分が祖父と同じことをしようとしてしまったことに関する罪悪感につけ込んで「復興義援金をたくさん出してあげる」とか「復興が早く進むように手を貸してあげる。だから代わりに……」と唆《そそのか》したのだろう。

代わりにノラがすることは、私と話ができるようにここへ連れて来るという簡単なことなら、現在世間知らずで純粋な彼女が了承してしまったのも頷ける。

「自分が呼んだせいでこの女が死んだとか、気にすることねぇよ？　おまえも含めて、俺たちは頼まれた仕事をこなしてるだけなんだから」

「なんなんだよ、おまえたち！」

「でも、どうしても気になるんなら、おまえも一緒に殺してやるよ？　大丈夫、義援金はちゃんと払われるから、安心して死んでいいぞ」

ピイッと鳴った口笛と同時に三匹のコウモリ型魔獣が高く舞い上がり、私とノラに向かって急降下して来る。

コウモリ型の魔獣は人に懐く数少ない魔獣の一種で、幼い頃から育てると夜間の斥候や鋭い牙と爪で奇襲攻撃を仕掛けることができる……と飼育されていることが多い。騎士団ではコウモリ型魔獣は使わないけれど、オオカミ型の魔獣とウマ型の魔獣は飼育されて実践投入されている。

夜空を舞うコウモリ型魔獣はその類いのもので、彼らに付き従っているのだ。夜間にしか活動できないし、攻撃力も高くはないけれど機動性に優れていて倒し辛《づら》い魔物と認識している。しかも複数、男も二人いる。

ノラを守りながら戦うなんて、今の私ができるわけがない。

コウモリ型魔獣の甲高い鳴き声が夜空に響く。

「きゃあああ！」

私は悲鳴をあげるノラを背後から抱きかかえながら手首に嵌《はま》った腕輪に触れて、そこにはめ込まれた琥珀色に輝く魔石を強く押し込む。

目の前には皮膜の羽に付いている鋭い爪が迫ってきていた。

＊　□　＊

新年祝賀会も中盤を越え、ひと通りの挨拶を終えた。他の招待客たちも仲間や商談相手などそれぞれに思う相手との懇談に移っており、軽食やデザート類の置かれたテーブル付近や、酒や薬草煙草のテーブル付近と楽団周辺に集まっている。

「わたくし……、お花を摘んで参りますわ」

「分かった」

元婚約者もひと通りの挨拶が終わったことを理解し、そう言った。真っ青な顔色のまま侍女と共に力なく会場から出て行く姿を見送ってから、復興の話をしているだろう義弟と愚妹の元へと向かう。彼らの後ろにリィナは控えていたはずだ。

しかし、リィナの姿はない。

「あら、お兄様。あの女のお守り、お疲れさまですわ」

「リィナはどこだ？」

愚妹は手にした扇で不満そうな顔を隠し、わざとらしく大きく息を吐いた。

「そこは〝復興に関する話はうまく纏まっているか？〟とか〝援助の話が多く大変だろうが、おまえたち大丈夫か？〟とか言うものでしょう？　いきなりリィナさんの心配なんて、酷いわ」

「……リィナは？」

再度尋ねれば、愚妹と義弟は苦笑いを浮かべる。なぜ笑う？

「義姉上は休憩室に行かれましたよ。緊張されていたのか、疲れた様子でしたので。テレンス殿が送っていかれて……ああ、戻ってきましたよ」

「補佐官殿！」

会場に入ってきたテレンス殿は私の顔を見て小走りに駆け寄ってくる。その様子は名前を呼ばれて駆け寄って来る子犬を連想させた。

「テレンス殿、リィナが休憩室に行ったと？」

「はい。女性専用に用意された休憩室で、休まれています。後で迎えに行って差し上げてください。あ、メイドは当然ですが警備の騎士も女性ですから安心です」

「分かった、ありがとう」

こっそりと〝探索〟の魔法を展開させると、リィナに持たせた腕輪が反応して彼女の居場所が分かった。場所は会場から少し離れた場所にある部屋で、おそらくそこが女性専用の休憩室なのだろう。腕輪は部屋から動く様子はないので、リィナは休んでいるのだろうと判断した。

テレンス殿が体を寄せ、「それで、補佐官殿。報告があるのですが」と呟く。

「なんだ」

「……リィナ卿を休憩室にお送りした後、祝賀会会場を中心にして城館周辺に索敵魔法をかけました」

「ひっかかったのか？」

「はい、招待されていない者が数人入り込んでいるようです。城館にある物見塔の上に陣取っていたり、会場を囲むように陣取っていたり。今のところ動きはなくて、建物の中に入ってなにかするという様子はないのですけど」

愚妹が先ほど大きく息を吐いたが、それと同じくらいの吐息が漏れた。

大きな夜会には大なり小なり問題が発生するものだ、それは中央でも辺境でも変わらない。大勢の人間が集まれば、思惑も動き出し絡み合うものだから。今夜の新年祝賀会でも多少の問題が起こるだろうことは想定済みだった、特に元婚約者とその家が出てきている以上絶対になにかあると思っていたのだ。

「それらは、あの家と関係があると？」

テレンス殿は私の問いかけに首を縦に振った。

「例のご令嬢付きの侍女殿が、花摘みに行く途中で招待されていない人と接触していたのを確認しましたよ。黒魔法が使えるようで、身隠しの魔法を使って姿を消し気配まで消していましたけど……僕、そういうの見破るのは得意なので。これ、証拠映像です」

こっそり映像が記録保管されている特殊な魔石を手渡された。

その場の様子を映像として記録できる魔道具がある。映像を記録するのにも再生するのにも魔力が必要で、映像を記録する媒体も魔力を帯びた魔石、魔道具本体はかなり高額と気軽に使うことが難しい品ではあるが、使い方次第では非常に有益な品だ。

「それで、どうします？　今のところなにもしてなくて、勿論《もちろん》不法侵入ですけど」

「…………捕縛できるか？」

「うーん」

辺境伯閣下の従弟というこの男は古代魔法の研究者だが、同時に黒魔法使いでもある。攻撃魔法は得意ではないとは彼の言葉だが、実際のところは不明だ。ただ魔力制御は上手そうなので、炎や氷といった攻撃系より睡眠や毒、痺《しび》れなどの補助系の方が得意なのかもしれない。

「捕縛した人数によっては、留学資金の援助を私からも……」

「行ってきます！　お任せください‼」

テレンス殿は満面の笑みを浮かべ、足早に会場を出ていった。

欲しい物がはっきりしている人は、扱いが簡単でいい。今回協力してもらうにあたって、テレンス殿には古代魔法時代の遺跡や遺物が多く残る国への留学費用を辺境伯家から支援することになっている。

ウルクーク王国で古代魔法の研究をしていた彼は、〝運命の愛病〟による婚約破棄という出来事に巻き込まれ研究半ばで帰国した。しかし、義父になる予定であった大学校の教諭が今まで彼の書いた論文や研究資料を持ち、口利きをしたおかげで四の月からローハナイル帝国の大学校へ留学が決まったのだ。

成人して大学校を卒業しているにもかかわらず、魔法使いとして東方騎士団に入団するでもなく、大学校の教師になるわけでもなく、他の仕事を探して就職するでもなく、学問を続けようとする三男坊に生家はあまりいい顔をしていない。当然、実家は彼の新たな留学資金の出資に渋い顔をしている。新たな結婚相手を探す様子もなく、婚約破棄による慰謝料を全て留学費用に充てようとしていることも渋い顔の原因らしい。

そこで不足気味の留学資金を集めるために親類縁者の家を周り、辺境伯閣下から今回の裏方仕事を無事にやり遂げることができればという条件で留学資金援助を受けることになったのだ。そこに、私が追加援助すると言われ、やる気が出るのは当然のことだろう。

リィナの安全が金で買えるのならば、問題ない。

飲み物を配っている使用人から、薄緑の果実酒を貰う。酸味と弾《はじ》ける風味が喉を通り抜けていく爽やかな酒だった。

「お兄様……あの女が戻って来たみたいですわよ」

花摘みに行っていた元婚約者が会場に姿を見せた。私は果実酒を飲み干したグラスを使用人に返し、元婚約者の元へ足を進めた瞬間……甲高い魔物の鳴き声が聞こえた。

「⁉」

同じように鳴き声を聞いた会場内にいる者たちからも悲鳴、狼狽《うろた》える声、現状の説明を求める声などが聞こえる。

すぐさま警備にあたっていた騎士たちが動き出し、城の奥へと避難誘導が始まった。

「ヨ、ヨシュア！　なんの声なの？　魔物が、魔物が近くにいるというの⁉」

元婚約者は周囲を見渡し恐怖の表情を浮かべながら、私に近づいて来る。恐らく、鳴いている魔物を連れ込んだのはウーリー商会の息がかかった不審者だ。

なにも知らないのだろうか？　この女が何らかの指示を出しているのだろうに……この怖がり方は本物のように見える。これを演じているのだとしたら、大した女優だ。

「パトリック、マーゴット。騎士の指示に従って避難しろ」

「……分かったわ。お兄様はどうなさるの？」

義弟と手を握り合う愚妹は私と休憩室のある方角と取り乱す元婚約者を見て、不安そうな顔をした。

「私はリィナを迎えに行く」

「義兄上、お気をつけて。マーゴ、行こう」

「ヨシュア！　わたくしと一緒に……ヨシュアったら！」

元婚約者は震えながらも叫び、手を伸ばしてきた。私はそれを無意識に避けていた。

そのまま休憩室のある方に向かいながら、〝探索〟の魔法を展開すると……腕輪は休憩室の部屋ではなく、全く違う所にリィナがいることを知らせてきた。今リィナは物見塔の上にいる。

「な、なんでそんな所に……！」

先ほどテレンス殿が、招待されていない客の一部が物見塔の上に陣取っていると言っていた。

まさか、不審者と遭遇しているのではないか？　危険な目に遭っているのではないか？　背中に冷たい汗が流れる。

「リィナ……！」

伸ばされた元婚約者の手が服の裾を摑む前に、私はその手を勢いよく振り払った。手を振り払われた元婚約者は目をまん丸にして驚き、そして金切り声をあげる。

「ヨシュアッ!!　いや、わたくしを置いていかないで……いかないでっ！　わたくしたちの仲でしょう!!」

「私とおまえの間には何の関係もない。私が守るべきはただ一人、私の妻リィナ・リーウェルだけだ」

「ヨシュア！」

「何度も言うが、私の名を呼ぶな」

元婚約者の声を振り払い、胸元を飾っていた花のコサージュを引き千切るように外しその場に捨てると、私はリィナの元へと走り出した。

＊＊＊

長い廊下を駆け抜け、物見の塔内部にある螺旋《らせん》階段を駆け上がる。

塔を上がり切れば、内部城壁の上を伝ってリィナがいる場所に辿《たど》り着けるはずだ。

〝探索〟魔法はリィナが隣にある物見塔を上がり切って、展望台へ出た所から動かないでいることを教えてくれる。そのまま動かずにいてほしい。

竜を狩る黒騎士であれば、不審者の一人や二人動けなくすることは簡単だろう。だが、リィナはケガが元で黒騎士の役目を辞した。右足も右手も日常生活であれば問題なく動かせるまでに回復してきているが、戦えるまでには至っていないし、魔法の使い過ぎで焼けて壊れた魔力回路は生涯治ることはない。そんな状態で魔法を使えば、かなりの苦痛を伴うだろう。そんなことをしてほしくない。

物見塔の展望台へ出る扉を開ければ、防御結界魔法の中にいるリィナと何故かノラの姿が見え、防御結界を破ろうとコウモリ型魔獣と男が二人攻撃を加えているのも確認できた。手にした剣で、炎魔法で、翼についた爪で……攻撃を続けている。

ガツンガツンと響く重たい音と魔獣の鳴き声、男たちの罵声が聞こえた。

「……」

私がリィナの腕輪に埋め込まれた魔石に込めた防御結界は、男たちと魔物からの物理攻撃も魔法攻撃からもリィナを守り続けていた。

「〝光の矢〟よ」

私の声とともに、魔力で練り上げられた矢が三本出来上がる。視線の先には耳障りな鳴き声をあげながら防御結界を引っ掻《か》き、牙を立てるコウモリ型魔獣が三匹。引き絞った弦を放す感覚で魔力を解き放てば、男二人を背後から抜き去るようにひらひらと舞うコウモリ型魔獣三匹を射抜く。

ギャアと声をあげてコウモリ型魔獣は石積みの床へ落ち、体を痙攣《けいれん》させて息絶えた。

「なっ⁉」

「なんだ、おまえは……！」

「〝拘束〟」

振り返り私の姿を認めた男たちに拘束魔法をかける。黄色に光る網状の魔力に捕らえられた男たちは、体勢を崩し地面に転がる。呻《うめ》き声をあげて、私を睨んでくるが何も感じない。

急いで防御結界に守られたリィナに駆け寄り、傷だらけになっている結界を解く。内部でノラを庇うように座り込んでいたリィナは私を見て安堵したように笑った。

「リィナ、大丈夫か？　済まない、遅くなった」

「ヨシュア」

「……ケガはないか？」

リィナを抱きしめれば、背中に両腕が回された。彼女の体は冬の寒空に晒《さら》されて冷え切っていたけれど、それでもケガもなく生きている。

「大丈夫です、あなたの魔法で守られていたから。……あなたの魔法が破られるわけがない、私を絶対に守ってくれると信じていました。でも、来てくれて嬉しい」

あの人の所ではなく、私の所に来てくれて……そう呟いた小さな小さな声が耳に届いて胸が痛んだ。元婚約者を不本意ながらもエスコートしていたのだから、あちらを優先するだろうと思っていたに違いない。

「無事で良かった。心配と不安で寿命が縮んだよ」

リィナの額に己の額を合わせ、そのまま唇を重ねる。私たちはしばし、寒さも周囲に見物人がいることも忘れて抱きしめ合った。

＊＊＊

辺境伯閣下の城にはいくつもの部屋があるが、この部屋は中程度の広さになるだろう。普段は会議や打ち合わせに使われていて、装飾品の類いは辺境伯家の家紋が入ったタペストリーのみ、人数分の椅子と大きな机があり、紺色の絨毯《じゅうたん》が椅子のある場所だけに敷かれている。

「……そんなに、この男がいいのか？　私には理解ができない」

辺境伯閣下は東方騎士団の制服に身を包み、長い髪を馬の尻尾のように結い上げるいつもの格好《かっこう》で私を横目に見て、首を左右に振った。

「わ、わたくしとヨシュアは結婚を誓い合った仲でしたのよ？　事情があって結婚には至りませんでしたけど、憎からず想い合っていたのだもの……今度こそ、と思っても不思議ではありませんでしょう？」

部屋の中央に置かれた椅子に座った元婚約者フローレンス・ウーリー伯爵令嬢は、辺境伯閣下に必死の形相で訴える。数日前に開催された新年祝賀会のときとは打って変わって、装飾の一切ないチョコレート色のデイドレスを着ている姿は同一人物とは思えなかった。

「だ、そうだが？　想い合っていたのか？」

「いいえ、とんでもない」

食い気味に返事をすれば、元婚約者は「え、そんな……」と顔を青くする。

「婚約していたときから、愛おしいとか可愛らしいと思ったことはありません。あくまで我々の間にあったのは、家の商売に関係する契約でしたから。それにご令嬢も……私の父が亡くなったことを笑い、私も若く死ぬだろうと決めて侯爵家の乗っ取りを考えていたくらいですから、互いへの想いなど微塵《みじん》もないですね」

室内にいるレナード卿とリィナが顔を顰《しか》めるのが見えた。後方で警備に立っている東方騎士団の騎士も、冷めた目であの女を見ている。聞いていて気分の良い話ではないから、当然の反応だろう。

「そ、そんなこと……」

「愚妹がウーリー伯爵令嬢に稚拙な嫌がらせをした原因はそこにありましたし、叔父も婚約がなくなったときには〝とんでもない業突く張りな父娘《おやこ》だ〟と呆《あき》れていましたよ」

「では、ご令嬢とヨシュアが今も想い合っていて、二人が結婚を望んでいるというのは……」

「あり得ません。私はすでに既婚で、離縁の予定はありません」

きっぱりと言い切れば、私の隣に座っているリィナは安堵の息を吐いていた。何度離縁はしない、離れない、一緒にいると伝えても不安が全くなくなることはないらしい。リィナの手を掬《すく》い上げるように取って握れば、思いのほか強く握り返された。

「確かに、今進んでいる縁談相手と比べたら、補佐官殿の方がマシであると判断するのは理解ができますよ」

レナード卿は手にした書類に目を落とす。

「ウーリー伯爵は戻ってきたフローレンス嬢の再婚先として、同じくウルクーク王国のテート男爵をお相手に決めて輿入《こしい》れの準備をしているようです。テート男爵は商人上がりの爵位を買った貴族で、食料品から武装、魔道具、赤ん坊の産着やおしめに至るまで手広く商売をやっている男です。年齢は六十四歳、今回で五度目の結婚だそうですよ」

「ほほお、随分と年上で前に四回も結婚歴があるのか。まあ、それと比べたら……ヨシュアの方がよい、か？」

「比べないでいただきましょう」

辺境伯閣下は大きな声で笑い、足を組んで手にした乗馬用の短鞭《たんべん》を手で軽く叩《たた》いた。パチンという音が室内に響く。

「ウーリー伯爵令嬢、観念なされよ」

「な、なにを？　わ、わたくし、なにもしておりませんわ……」

室内の廊下側の壁に魔道具による映像が写し出される。それは、ウーリー伯爵令嬢付きの侍女が招待客ではない男に対して、リィナの殺害を命じている様子だった。その侍女が賊に指示を出したことを元婚約者へ報告する様子が続く。

「残念ながら、まだ魔道具による映像に細工をする方法は開発されていないのだ。これはそのまま事実であると受け止めざるを得ない」

「そんな、嘘《うそ》よ……こんな、こんな……」

「賊は全員捕らえて、今は地下牢獄《ろうごく》に入っているよ。我が従弟が一人も殺さずに張り切って捕らえてくれた、なんとか全部で八人もいた。彼らは皆口を揃えて、ウーリー家の侍女を介してご令嬢から指示され、前金も受け取っていると証言している。コウモリ型魔獣を持ち込んだのは彼らだそうだ」

元婚約者は椅子から床へと滑り落ちた。もう椅子に座っていることすらできないらしい。

「彼らは傭兵団〝夜風の牙〟に所属している傭兵で、ここ五、六年はウーリー商会と専属に近い契約をしていた、と傭兵団の組合に確認が取れています。申し訳ありませんが、ここまで証拠が揃っていますから……ウーリー伯爵令嬢、あなたがリィナ・リーウェル子爵夫人の殺害計画を立てて実行するよう命じたと判断します。計画は未遂で終わりましたので、罪状は殺人未遂、ですね」

「わたくし、わたくし、そんなことは……そんなこと……！」

「もう、見苦しい嘘も言い訳も止めるがいい。大人である以上、責任は取らねばならん」

辺境伯閣下はレナード卿より一枚の紙を受け取り、立ち上がった。そして床に座り込んで取り乱しているウーリー伯爵令嬢の前に立つ。

「本来なら罪状に見合った刑事罰を与えるところであるが、そなたに関しては裏向きの取引の話が持ち掛けられたこともあり……特例的な処分を下す」

「とり、ひき……？」

「そなたは、予定通りウルクーク王国の男爵家に嫁ぐのだ。それが一番の罰となろう。心配はいらぬ、そなたの娘はウーリー家の次期当主が養女として迎え入れ、貴族令嬢として恥ずかしくないよう責任を持って育てるそうだ」

更に現ウーリー伯爵は引き継ぎ後速やかに引退して、北部山中にある神殿へと入ること、元婚約者の姉が伯爵家を継ぐことも伝えられた。

ウーリー伯爵が行く神殿は表向き一般的な神殿だ。しかし、本当の姿は問題を起こした貴族を出家という形で一般社会と絶縁させる施設で、一年のうち九割が冬であり、作物も碌《ろく》に育たないという大変過酷な環境である。一度入れば生きては出て来られない、と有名だ。ウーリー伯爵は五十歳を幾つか過ぎた年齢だったが、果たしてどれほど生きていられるだろう。

そしてフローレンス・ウーリー伯爵令嬢が殺人未遂事件を起こし、東部地域で開かれた新年祝賀会を台無しにしたことを公にしない。その代わりに、東部辺境に対してウーリー商会は優先的に品を融通し、今後十年間全ての商品について割引価格での取引を行う、そういう裏向きの契約取引が結ばれた。

「数日後にウーリー家からの迎えが来る手筈になっている。王都へ戻りその後嫁ぎ先へ向かえば、もう娘や家族と顔を合わせることはないだろう、残された時間を大切にすると良い」

「い、嫌！　嫌よ、あんなお父様よりも年上の老人に嫁ぐなんて！　五人目の妻だなんて、冗談ではないわ！　娘と離れるのも嫌！　それに、それに……今まで妻になった女性のうち二人は行方不明、一人は自殺、一人は正気を失ったと聞いたわ！」

元婚約者は取り乱し、「嫌だ、嫌だ」と叫びながら辺境伯閣下に摑みかかろうとしたところを警備の騎士に取り押さえられた。腕と肩を押さえつけられるが、彼女は藻掻《もが》き言葉を続ける。

「どんな目に遭わされるのか分かったものじゃないわ！　そんなの、嫌よ!!　何のためにこんな魔獣のいる辺境までわたくしが来たと思っているの!?　ヨシュア、わたくしと早く結婚してちょうだい、時間がないのよ。そうでなければわたくし、わたくし結婚させられて、酷い目に遭わされるの、そんなの嫌！　わたくしは貴婦人らしく生きていきたいだけなのに、どうしてわたくしだけこんな目に遭うの！」

「……」

「ヨシュア、わたくしと結婚なさい！　そうしたらお姉様に頼んでもっと商品を融通するようにするわ！　あなたの子どもだって産んであげる、何人でも。それならいいでしょう？」

そう叫び、元婚約者はリィナに視線を移して叫んだ。

「だから、あなたは早くヨシュアと離縁して、どこかに消えて!! いなくなって! 死んでよ!」

「ウーリー伯爵令嬢、勘違いしないでいただきたい。たとえリィナが私の傍から離れたとしても、私があなたと再婚することはあり得ない。私はあなたと縁を結びたくない」

私が答えれば、元婚約者は一層声を張り上げた。

「ヨシュア、もうその子に縛られなくていいのよ? あなたがヨシュアに何か言ったのね⁉ 平民出身のくせに、自分が子爵夫人の座に座っていたいからって……」

「黙れ」

首を左右に振った辺境伯閣下は、再び乗馬用の鞭をピシリと鳴らした。その音に驚き、元婚約者は肩を竦めて縮こまる。

「聞くに堪えない身勝手さだ。連れて行け。ウーリー家からの迎えがあるまで部屋に閉じ込めて、絶対に部屋から出すな」

「はっ」

左右両側から騎士に摑まれ、元婚約者であった女性は部屋から連れ出されていく。自分勝手な言葉を吐き、暴れ続け……とても貴族令嬢とは思えない姿に驚きながら呆れた。

彼女の暴言が遠く聞こえなくなってから、私は大きく息を吐く。

「……激しく身勝手な女に目を付けられたものだな?」

「もう終わりましたから、平気です」

婚約者として彼女と過ごした時間は一年程度と長くはない。本音を聞くまでは、契約ありきの結婚だとしても良好な関係を築こうと歩み寄ろうともした。彼女とその父親の本音を知ってからは、円満な婚約の白紙撤回方法を考えながら、婚約者として最低限の義務を果たしていた。

良い印象はあまりない元婚約者ではあったが、結局分かり合えずに傷つけ合って別れることになったことに関して……素直にむなしいと感じる。

婚約者であったあの一年間、私と彼女の間にはなにも生まれなかったのだ。

「失礼します、ノラを連れて参りました」

扉が開いたままになっていた出入り口から、東方騎士団の女性騎士に連れられたノラがやって来た。

「入るといい。……そこに座れ」

「はい」

ノラは真っ青な顔をして、右手と右足が同時に出そうなほどぎこちなく歩き、中央にぽつんと残された椅子に座った。

「……ノラ、キミは自分がやったことを自覚しているね？」

「はい。……すみませんでした」

辺境伯様の言葉に、ノラは深く頭を下げる。肩で切りそろえられた薄茶色の髪がサラリと流れた。

「面会を正式に申し出ることもなく、リィナ卿を指名して連れ出そうとしているのは何故か。リィナ卿に対して良からぬことをしようとしているのではないか。リィナ卿を指定の場所に連れて来るだけで、復興援助を約束されるなんておかしい。行動と見返りが釣り合わないのはあやしい、そう思ってほしかったね。世の中、そんなに甘くはないのだよ」

「本当に、すみませんでした。ごめんなさい」

俯《うつむ》いて髪に覆われて表情は見えないが、ノラは泣いている様子だ。

「キミに関しては、リィナ卿から罪には問わないでほしいと言われている。ロンディル村跡地の復興を考えての行動であったとも聞いているし、侵入者たちもそれをエサにしたと聞き取り報告書にある。……キミの気持ちは察しているよ」

「……それでも、ごめんなさい。こんなことになるなんて、思ってもなくて。本当にごめんなさい、ごめんなさい」

ぽとぽととノラが膝上で握り込んでいる手とブラウンのスカートに涙の粒が落ちた。

「ノラ、そなたにはすでに竜を住み処より誘き出し周辺住民を危険に晒そうとした罪にて、成人までロンディル村の復興作業を命じた。この度の件もあり、二年の作業延長を申し付ける」

「辺境伯様、それは……」

リィナが声をあげ、私は彼女を落ち着かせるように手を強く握った。

「リィナ卿、そなたがこの娘を気に掛けるその気持ちは理解している。私もこの娘の事情も心情も承知しているが、その上で罰を与える。そなたの命を危険に晒し、祝賀会に参加していた者たちに対しても混乱を与えた。己がしたことに関して起きたこと、その責任と罪を目に見える形で償わねば、この娘は先に進めぬと私は考えるのだ」

「…………承知しました、閣下のお心に従います」

リィナは俯き、私の手を握り返してくれた。

「ノラ、そなたもよいな？　そなたを気にかけ、心配する者がいることを忘れないように。明日、〝紫紺の風〟の者たちが準備を終えてこちらへやって来ることになっている。共にロンディルの地に向かい、復興に尽力せよ」

「はい」

「そなたが二十歳になるときまで、ロンディル周辺地から離れることを禁ずる。その先については、己で自由に決めるといい……ロンディルに残るもよし、別の土地に行くのもよし。ただ、そなたは物事を深く考えぬ娘であるから、ひとりで決めることは勧めないな。信頼できる者を作り、その者と相談して決めるように」

そう言ってから、辺境伯閣下はリィナと私に向き合った。

「すまないな、リィナ卿。本来ならばウーリー伯爵令嬢がそなたを害そうとしたこと、公にして法律に基づいた罰を与えることが正しいと分かっている。だが、勝手にこちらの都合を優先してそうしなかったことについて謝罪したい。申し訳なかった」

「申し訳ありませんでした」

「「申し訳ありませんでした」」

辺境伯閣下とその夫君レナード卿が頭を下げ、室内で彼らの警護についている者やノラに付いている者全員がリィナに頭を下げた。

「頭をあげてください。……結果論ではありますが私は無事で、夫との関係も壊れておりません。ですから、後は閣下と東部地域の都合のよいようにしていただいて大丈夫です」

「リィナ卿、ありがとう。感謝するよ」

辺境伯閣下の言葉にリィナは首を左右に振って、苦笑いを浮かべた。

「いいえ、きっと……彼女にとっては、法律で裁かれて罰を受けることよりもお嬢さんと引き離され、たった一人で父親より年上の方の元へ嫁入りする方がずっと辛いことでしょう。ですから、いいのです」

「……ふふっ、そうか、そうだな。あのご令嬢にとっては、どこかの神殿か懲罰院に入ることよりも、娘と引き離されて良い噂のない男爵家に一人嫁入りする方が辛いな。本当にすまなかった、許してくれてありがとう、リィナ卿。後はこちらで後始末を付ける故、安心してほしい」

リィナは笑顔で頷き、辺境伯閣下も大きく首を縦に振って笑う。「これで全て終わりだ」と言わんばかりの笑顔だった。

その後、辺境伯閣下とレナード卿が警備騎士と共に退室していき、女性騎士と共にノラは私たちの近くにやって来ると深く頭を下げる。

「ごめんなさいでした。それと、色々ありがとうございました」

「ノラちゃん……」

「あと、もう一個……リィナ、旦那さんが鬼畜とか旦那さんから暴力振るわれているとか言っちゃったことも、ごめんなさい」

室内に奇妙な空気が流れた。扉近くに立つ警備の騎士二人、ノラに付いている女性騎士、合計六個の目が私を見つめる目には軽蔑やさげすみの気持ちが浮かんでいる。

なんということを言っているんだ、この娘は！

「……あのね、ノラちゃん。ヨシュアは鬼畜なんかじゃないよ。暴力を振るわれたことなんて一度もないし、大事にしてもらってるから」

「私は鬼畜などではない。リィナを大切に想っていることは事実だが」

「だって、鬼畜だよ！　私を拘束魔法で捕まえて、床に転がして放置してたもん」

「違うだろう！」

それはこの娘が大きなケガをして寝たきりになっているウォーレン卿に馬乗りになって暴力を振るい、リィナに対しても暴力を振るったからだ。それを話せば、騎士たちの目が軽蔑から同情に変わってくれた。

「あのね、本当に違うの。ヨシュアは、夫は優しい人で私を大事にしてくれているから」

「本当に？」

「本当に」

「……リィナ、今幸せ？」

ノラの問いかけに、リィナは躊躇《ため》らうことなく笑顔を浮かべて頷いた。

「とても幸せ。ヨシュアと共にいられるから、幸せだよ」

素直な言葉に喜びが湧き上がり、顔が熱くなって来る。私と共にいるから幸せなのだと、その言

葉に私自身も幸福を感じた。私も同じ気持ちであると、後で伝えなければならない。彼女には、気持ちを言葉で伝えたいから。

「……そっか。あの結界みたいな魔法は凄く温かかったし、リィナを助けに来たときは凄く格好よかった。リィナを大事にしてるんだなって、想ってるんだなって感じたんだ。私のことも一緒に助けてくれてありがとう、時々鬼畜な補佐官様」

「……」

その後、辺境伯閣下の城内で〝鬼畜補佐官殿〟としばらく陰で言われ続けることになり、私は名誉毀損《きそん》であの娘の復興作業期間の再延長を申し出ようかと思った。追加で十年ほど。

本当にあの娘はとんでもない娘だ。きっと、大人になっても変わらずとんでもない娘のままなのだろう、きっとそう思う。次に顔を合わせるのは、ずっと先でいい。

ずっとずっと、先でいい。

六章　辺境の地の夫婦と新緑の故郷　メルト王国暦787年

冬の短いこの地域は三の月に入れば冬の気配は薄れて、すっかり春の様子だ。

流れる風は温かくて、植物は薄緑の柔らかそうな新芽を一斉に芽吹かせて、春になると森から人里へ降りてくる黄緑色の小鳥の鳴き声が響く。

「足元に気を付けて」

元々はロンディル村の馬車溜《だ》まりであっただろう場所で馬車から降りた。

馬車溜まりから村の中へと続く道の両側には、白や青が鮮やかな小さな花がたくさん咲いていて、一層春の訪れを感じさせた。昔はここでたくさんの果物の入った箱を馬車に載せ、販売店や果物の加工場へと配送していたらしくとても広々としている。

「ようこそ、いらっしゃいました」

「ようこそ！」

ロンディル村跡地の浄化と復興作業に関わる人たちは、ヨシュアと私の顔を見ると皆笑顔で歓迎の言葉をくれる。聞けばこの地の様子を見学に来る人は大勢いて、その大半は貴族なのだけれど中には商人や騎士もいるそうだ。

その皆が差し入れをし、村の中を見学したり復興状況を確認したりして再び差し入れを持ってきてくれたり、アストン伯爵への金銭援助をしてくれたりするらしい。そのせいか、復興作業の現場は余裕があるように見える。

私たちが持ち込んだ食料の差し入れを手慣れた様子で受け入れ、作業員たちは笑顔で「ありがとうございます！」と言葉を続けた。

ロンディル村へ続く道を整備している作業員から、「黄色のロープが張ってある外側はまだ浄化作業が済んでないから、入らないように願います。大丈夫だとは思いますが、念のため」という言葉を貰《もら》って、私たちは村の中へと入った。

竜毒は時間が経《た》てば自然に浄化されるけれど、それには十年以上の時間が必要だ。ロンディル村の跡地は竜毒に晒されて二十三年という時間が過ぎているから理論上は安全なはずだ……けれど、念を入れて行われている浄化作業が徐々に進んでいるようだ。

「作業員たちの健康状態にも問題はないようだし、復興は順調のようだな」

メルト王国東部辺境地域・アストン領にあるロンディル村跡地。二十三年前に竜の毒による影響で壊滅した村は今復興作業の真っ只中《ただなか》だ。

竜毒を浄化する作業が進められ、人が立ち入ることができる場所は広がり、壊れた建物は解体されつつある。村の奥にある野生に返ってしまった果樹園は、浄化作業が済んだ所から下草が刈り取られているらしい。

「たくさんの人が作業しているもの、案外早く浄化作業は終わるかもしれないね」

「流民や他の領から移り住みたいという希望者で、復興作業に関わった者は家を建てる土地を優先的に選ぶことができる条件付けをしたらしい。復興作業は国や辺境伯からも賃金が出るから、純粋に働きに来ている者もいるだろう」

あちこちで作業を進める作業員たちの姿を見ながら、果樹園であった所の手前にある家の前にまで来た。小さな家とその横に作業小屋が並んでいて、脇道から果樹園へ行くことができる。

「……ここが、私の家だった所」

まだ復興作業の手が入っていないこの場所は家も小屋もボロボロに壊れていて、私の両親と祖母がどんな生活をしていたのかを察することは難しい。ここに暮らして果樹園で果物を栽培して生計を立てていたのだろう、と想像するのが精いっぱいだ。

「静かな場所だ。きっと家族で穏やかな生活をしておられたんだろうな」

ここは果樹園に近い場所で、ロンディル村の中心部からは外れている。きっと活気とか賑《にぎ》やかさはなかっただろうけれど、静かで暮らしやすかったに違いない。

「そうだと思います」

私はこの家で生まれて、家族が竜毒に倒れるまでの二年間をここで暮らしていた。二歳だったので、ここでの暮らしは勿論《もちろん》、家族の顔もなにも覚えていない。でも、可能ならここで家族と一緒に暮らしたかったと思う。

「アストン伯爵様はここをどう復興するつもりでいらっしゃるのか、聞いていますか？」

「大雑把《ざっぱ》にしか聞いていないけどね。まずは果樹園を復興させて、果樹の加工工場も作りたいと言っていたな。ライベリー村とは距離が近いから道を整備して、畑を広げていって、後々はひとつの大きな村にしたいらしい」

「ライベリー村とですか？」

「農業や果樹をやっていると、畑を挟んで人が暮らす集落部分が二か所や三か所になる形になることがあるらしい。農地や果樹園を広げていった結果出来上がるらしいが、今回はロンディル村とライベリー村の間に農地や果樹園を広げる形で村を繋《つな》げることになるかな」

「なるほど……そうなったら、いいですね」

「なるさ。時間はかかるだろうがな」

ロンディル村跡地全体が復興してライベリー村とひとつになれば、アストン伯爵領の中でも大きな村になるだろう。ロンディルの果実、ライベリーの染色材や植物油などの作物は、この地域で暮らす人たちの生活を安定させてくれる。

きっと私の両親や祖父母が生きていた頃のように、豊かな地域になるだろう。

「……リィナ！　補佐官！」

パタパタと足音が聞こえ、村の中央に続いている大きな道を木綿のシャツにベージュのパンツ姿のノラが駆け寄ってくるのが見えた。

ロンディル村跡地での復興作業を二十歳になるまで従事するように、とノラは辺境伯閣下より命じられている。ノラがしたことに対する罰なので仕方がないとは分かっているけれど、心配だったのだ。

復興作業は重労働な作業が多いし、寝泊まりは簡易的な宿泊所になるし、若い女の子が好むような可愛らしい服や装飾品も娯楽も、甘いお菓子もない。周囲にいるのは年長の労働者や雑役者ばかりで、同世代の女の子もいない環境だ。

不安だろうし、不満もあるだろうと思っていたのだけれど……再会したノラは元気そうだった。

「二人とも、来てくれてありがと！」

「久しぶり、ノラ。元気にしてた？」

私たちの目の前でピョンッと立ち止まる。ノラの骨折した腕は包帯が巻かれているけれど、もう布で吊《つ》ってはいない。

「リィナ、二か月ぶりだね！　私は元気、元気。正直に言えば、生きてきた中で今が一番元気にしてる」

ノラは左腕の袖で顔を擦《こす》った。作業の途中だったのだろう、袖に付いていた土が頬にくっついたけれどそれを気にする様子もない。頬に付いた土汚れを拭ってあげれば、擽《くすぐ》ったそうに笑う。

「大丈夫？　他の作業員さんたちや傭兵団の人たちとは仲良くやれてる？」

「大丈夫だよ、皆優しいから。ご飯もいっぱい食べてるし、ぐっすり寝てる」

そう言うノラの顔は何の憂いもなく輝いて見えた。

「もっと、辛い作業が待ってると思ってたんだ。足に鎖とか付けられて、監視人に鞭《むち》で打たれながらでっかい石を掘り出すとか、延々と土を運び続けるとかしてさ。ご飯も具のないスープと小さなパンだけとかで、ぼろぼろになるまで使われるんだって想像してた」

「どこの残酷物語だ」

ヨシュアが呆《あき》れたように言うと、ノラは「しばらく前に流行《はや》った冒険物語だよ！　主人公が最初そういう立場にいたんだもん」と不満そうに頬を膨らませた。

「でも、実際は鞭で打たれるとかないし、ご飯も美味《おい》しいしたくさん食べさせてくれる。作業は草むしりとか伐採した枝を運ぶとか……大変だけど、辛くはないんだよ。頑張った分、目に見える形でここが綺麗《きれい》になっていくのは嬉《うれ》しい」

私の心配は無用だったようだ。

ノラは持ち前の明るさと人懐こさで復興作業現場に溶け込み、周囲の人たちと良好な関係を築いて可愛がってもらえている。そして、作業内容にやりがいも見いだしているのだ。

「ノラが元気でいてくれるのは嬉しいけど、無理はしないでね。なにか欲しい物はある？　可愛い洋服とか、お菓子とか持ってこようか？」

「ここでは可愛い服なんて意味ないよ！　すぐに汚れちゃうから、丈夫で洗いやすくてすぐに乾く服の方がいい。甘いお菓子は……欲しいけど」

確かにロンディル村跡地で作業をして暮らしていく中では、可愛いお洋服や靴などは意味がない。動きやすくて丈夫な服や靴が必要なのだ。

「分かった。次に来るときは、お菓子を差し入れるようにするね」

今回の訪問で差し入れ用に持ってきたのは、ベーコンや腸詰めなどの燻製《くんせい》系の加工肉と乾燥させた豆などの食事の材料ばかりだ。甘い物までは気が回らなかった。

復興作業に関わる人たちの中には女性も大勢いるから、甘いお菓子や花蜜やお砂糖など甘い物を作る材料も喜ばれるかもしれない。ああ、マーゴット様が普及させようとしている甘いお芋も、差し入れとして良いかもしれない。

「なんだ、土産は菓子が良かったのか。それでは、〝星の物語集・ホシガタリ〟は必要ないか？　読みたがっていたと聞いていたのだが」

辺境伯様の城館でノラが星に関する物語に興味があって、本を読みたがっていたとヨシュアに話したのだ。星に関する話を集めた本があったと記憶していたけれど、本の題名が思い出せずにいることも。

本の内容を話せばヨシュアはすぐさま本の題名を理解して、書店に注文してくれた。

「え⁉　星に関する話の本、持って来てくれたの？　本当に？　え、嬉しい！」

「ここでの作業を頑張るのは当然だが、辺境伯閣下の元で教えられたことを忘れずに実践すること。約束できるのなら本を贈ろう」

「ええ？　マナーとか作法とか？」

ノラは先ほどまでの笑顔を引っ込め、嫌そうに顔を歪《ゆが》めた。

「では、本はいらないか？　この〝星の物語集・ホシガタリ〟は全部で三冊発刊されていて、この国の空では見ることができない星の物語まで網羅されている優れものなのだが……」

「え、ええええ……わ、分かったよぉ！　作業は頑張るし、お転婆《てんば》はほどほどに、小母《おば》ちゃんたちの言うことも聞くから！」

「約束だぞ。作業員事務所に預けておくから、今日の作業が終わったら受け取るといい」

「ありがとう、補佐官‼　凄く嬉しい！」

やったー！　と喜び、ぴょんぴょんと飛び跳ね全身で喜びを表すノラは十代の女の子らしかった。

「意地悪で時々鬼畜な補佐官のこと、初めていい人だって思ったよ！　本当にありがとう」

「……他人に対して、意地が悪いだの鬼畜だのと面と向かって言ってもいい、そう辺境伯家で習ったのか？」

「え？　あ、そうじゃない。ええと、欲しかった本をありがとうございます、補佐官様」

笑顔を引き攣《つ》らせながらヨシュアが言えば、ノラは慌てた様子で言い直した。まあ、言い直す前が本音なのは分かっているけれど、その本音を隠しておくことが大事なのだ。

復興途中であるこの場所では、食べることと仲間でお喋《しゃべ》りすることくらいしか楽しみがない。だから、本という娯楽はとても大切なものになるだろう。娯楽でありながら、勉強にもなる。

「全く、精進がまだ足らないな。……それで、今は何の作業をしてたんだ？」

「今はね、花を植えてたんだよ。昔、中央広場があった所にね、この前慰霊碑が立ったんだ。東部地域に暮らす貴族が全員でお金を出し合って作ったんだって」

ヨシュアの問いかけにノラはそう言って、私の手を引いた。

ロンディル村跡地の中心地に足を踏み入れるのは初めてだ。以前はライベリー村に行く途中で、街道沿いから遠目に見ただけだったから。

村の中にある大きな通りには石畳が敷かれ、両脇にはお店や作業場であったらしい建物が並んでいたようだ。脇道に石畳はなく踏み固められた土のままで、その奥には民家があったみたい。思っていたよりずっと大きくて、賑やかな村だったんだろうことが窺える。

途中、復興作業を進める人たちに会えば笑顔と共に挨拶をされて、この復興が作業員たちにとっても良い仕事になっていることが分かった。

歪んで割れてしまった石畳を直し、崩れた建物を解体している人たちの邪魔にならないように道を進めば中央広場が見えた。その中央に大きな白い石でできた碑がある。

「石碑にはここで暮らしていた人たちの名前が刻まれてるんだよ。今私はこの石碑周りに花を植えてるの、ひと月もすれば青と紫と白の花が咲くんだって」

ノラはそう言って植えている花の苗を見せてくれた。

丸い形で鮮やかな緑色の葉をした苗には、小さな蕾《つぼみ》がたくさんついている。膨らんだ蕾からは、白い花びらがわずかに覗《のぞ》く。

石碑の周囲に作られた花壇に等間隔で植えられた花が咲けば、ここは花に囲まれた美しい慰霊の場所になるだろう。

「花が咲くの、楽しみだね」

「うん。綺麗にいっぱい咲いてほしいなぁ」

手にした花の苗を花壇の空いている部分へ丁寧に植え付け、ノラは次の苗を手にする。その顔はとても楽しそうだ。

聞いた通り、石碑には村人の名前が刻まれていて……私の両親と祖母であった人の名前も刻まれていた。名前しか知らない、私の家族であった人たち。

「リィナ?」

「ううん、なんでもないです。きっと、家族であった人たちは喜んでいるだろうなって思って。果樹園で果物がたくさん実を付けて、それを糧に人が穏やかに暮らしている村が好きだっただろうから。想像でしかないのですけど」

「きっとそうだろう。キミが時々顔を見せれば、もっと喜ぶし安心もしてくれる」

「時々、ここに来たいと思うのですけど……いい、ですか?」

ヨシュアは大きく首を縦に振ってくれた「勿論だ」という言葉と共に。

「……よし、終わり!」

木箱に入っていた花の苗を全て植え付けたノラは、木箱を纏《まと》めると小さなスコップやガーデンフォークをその中に入れた。

「今日はこの作業で終わりか?」

「ううん、まだだよ。補佐官、ここでの仕事は山のようにあるの! これを片付けたら、剪定《せんてい》された果物の木の枝を運ぶ作業に回る予定」

「そうか、頑張れ」

「分かってるよ! あ、リィナ、その、前に預けておいた手紙のことなんだけどさ……」

「ああ、お手紙ね」

私はポケットに入れていた封筒を取り出し、もじもじとしているノラに渡した。差出人はウォーレン先輩で新年祝賀会のときにノラから預かっていた手紙、それのお返事だ。

「これ、先輩からのお返事」

「ありがとう、リィナ」

ノラはとても嬉しそうに封筒を受け取ると、カードを取り出した。薄青色の封筒とその対になったカードには、ブルーブラックのインクでお手本のような美しい文字が書かれている。

「……！　な、なんだよぉ!!　人が必死に書いたっていうのに、あのオッサン本当に酷《ひど》い！　オッサンの書いた字がやたら綺麗なのが、またすっごい腹立つ!!」

嬉しそうだった顔を一瞬で歪めて、ノラは叫ぶ。

「リィナ、いつかこの文字より綺麗な字を書いてあっと言わせてやるって、オッサンに伝えといて！」

そう言いながらもウォーレン先輩から貰ったカードをノラは大事そうに封筒に戻して、ズボンの後ろポケットに仕舞い込んだ。

「ノラ、果樹園に行くよー！」

「うん、今行く！」

果樹園に続く道の方から、女性たちがノラを呼ぶ声が聞こえた。今から、彼女たちは果樹園で剪定された木の枝を集めて運び出す作業を始めるのだろう。

「ごめん、私、あっちの作業に行かなくちゃ」

「分かった。ノラ、体には気を付けてね」

「そっちも。……また来てよね、今度はゆっくり話ができるときにさ」

資材倉庫になっているらしい小屋に花の苗が入っていた木箱とスコップなどの道具をしまうと、ノラは小走りで果樹園に向かう女性たちに合流する。彼女たちは楽しげに笑い、果樹園に入っていった。

ノラが元気そうで本当に良かったし、彼女の中にあった苛立《いらだ》ちとか焦りとか寂しさのようなものがなくなっていて、安心する。

きっとこの場所で作業することで、ノラの心は穏やかに本来の彼女になっていくのだろう。辺境伯様はノラに罰という名目の復興作業を通じて、事情があるらしい彼女を立ち直らせようとしたのだと思う。

「ウォーレン殿のカードにはなんて?」

「〝字が汚ねぇ! 誰でも読める美しい文字を書けるようになってから手紙を書け。紙とインクが勿体《もったい》ない〟って書いてあったの。ウォーレン先輩らしいでしょう?」

「ウォーレン殿らしくもあるし教師らしくもあるな。あの人は今、アストン領都で平民学校の教師をやっているから」

「先輩が学校の先生に?」

貴族出身の黒騎士として高い矜持《きょうじ》を持っていた先輩の印象が強いから、貴族の子弟がほとんどである騎士学校の教官ならともかく、平民の子どもを相手に教師をしているなんて……ちょっと信じられない。

「かなり厳しいが熱心だと、保護者に人気らしい。手加減しないから、生徒には恐れられながらも信頼されているようだ」

「……でも、ウォーレン先輩は騎士学校ではかなり成績優秀だったようですから、ちょっと分かるような気がします。ノラもウォーレン先輩と文通したら、すぐに綺麗な文字が書けるようになりますね」

「……たぶん、きっと？　そうだといいな？」

ヨシュアは苦笑いし、私の手を取り直す。

「さて、一度アストン領都に戻ろうか。想像より多い復興支援金、大量に入ってくる復興資材の管理、復興作業希望者の整理、流民の戸籍作成手続きなどで金の管理と書類仕事が山積みらしい。今のままではパトリックが忙殺されてしまう」

「それは、嬉しい悲鳴ですけど……本当に大変そうです」

「コーディ卿《きょう》も竜の骨研究に夢中になり過ぎて家に帰るのを忘れ、砦《とりで》と竜の骨の間を行き来して、休暇になれば倉庫に入り浸り。そうしたらついに先日彼の妻子がアストン領都にやって来て……竜の骨が置いてある倉庫で人目もはばからず盛大に揉《も》めたとも聞いた」

「コーディ兄さんたら……」

竜の研究が大好きなコーディ兄さんらしいけれど、まさかずっと家に帰らず砦での討伐任務と竜の研究に夢中になっていたとは。さすがに理解のある奥様の逆鱗《げきりん》にも触れるだろう。怒れる奥様と言い訳を続けるコーディ兄さんの様子が目に浮かぶ。

「四の月になったら、カールトン領都に戻らなくてはならないからな。ひと月でアストンの問題を解決する。……リィナ、手伝ってくれるか？」

「勿論。私にできることなら、なんでも言ってください」

ヨシュアは石碑に向き合い、深く一礼する。私も彼に倣《なら》った。


お父さん、お母さん、お祖母ちゃん、私は元気に暮らしています。

信じられないことに、私は黒騎士として竜や魔獣と戦って人々の命と生活を守る仕事に就きました。でも今は騎士を引退して、ゆっくりさせてもらっています。

それから、隣にいる男性が私の夫になってくれた人です。さらに信じられないだろうけども、夫は侯爵という高位貴族出身の方なのです。今は相続の問題など色々あって、子爵になりました。私も名前だけはリーウェル子爵夫人です。

最近やっとこの村に人が入ってこられるようになりました。これからは復興が進められて、以前のように豊かな村になっていくと思います。

この村で私が一緒に暮らしていた時間のことを全然覚えていなくて、家族の顔も声も覚えていなくて……ごめんなさい。

ようやくこの村に来ることができて、挨拶ができて嬉しい。

私がいつかそちらに行くときまでは、ここから言葉を送ります。

「……お義父様、お義母様、慌ただしい訪問で申し訳ありません。またリィナと共にゆっくりと参ります。それまで、復興の様子を眺めながら穏やかにお過ごしください」

「……お父さん、お母さん、行ってきます」

私自身にも覚えがない家族に挨拶をしてくれたヨシュアの気持ちに、胸が温かくなった。

「さて、行こうか。パトリックが過労死したら、愚妹の面倒を見てくれる世界で唯一の男がいなくなってしまう。それは困る」

「またそんな憎まれ口をたたいて……」

私たちは歩いてきた道をゆっくりと戻る。

ロンディル村跡地の復興現場で生き生きと作業に取り組む人たちの姿を眩《まぶ》しく感じながら。

黄緑色の小鳥たちは活気溢《あふ》れる村の中で、咲き始めたばかりの色とりどりの花や淡い緑色が眩しい新芽と戯れながら、愛らしい声で春の訪れを歌っていた。

終章

「それじゃあ、よろしく頼む」

「はい、お預かりします」

乗ってきた荷馬車を領都に入ってすぐの所にある預かり所の青年に預けると、待ち合わせの場所へと足を進める。待ち合わせは辺境伯の暮らす城館、その前面部分にある中央広場だ。

杖《つえ》を頼りに大きな通りを歩く。通りには大勢の人が歩いているが、不自由に歩いている俺を見ても誰も気にしない。ぶつかりそうになれば「おっと、すまない」と謝罪の言葉を述べ、避けてくれる人や道を譲ってくれる人がいるだけだ。これがもし婿入りしたアッシャー伯爵家の領地だったとしたら……恐らく「邪魔だ！」とか「もっと隅を歩け！」と言われ、最悪は突き飛ばされるだろう。

そして、皆がそれを当然のことだと笑うのだ。

補佐官殿が「領主の気風が街の様子や雰囲気に現れる」と言っていたが、確かにそうなのだと実感する。

カールトン辺境伯の治める街は人が皆賑《にぎ》やかで大らかで力強い雰囲気があるし、アストン伯爵の治める街は全体的におっとりとした穏やかな雰囲気がある。元義父の治める街は魔法文化に優れてはいたが、魔法使いが何かにつけて優先されていてどこかトゲトゲしく息苦しい雰囲気が漂う街だった。

元義父の治める街へ戻りたいとは思わない。黒騎士として戦えなくなり、妻との間には子どもが三人いる今……俺はすでに婿としての役目を終えた存在だ。

死亡届が受理されたということは、騎士としての役目から解放されたということなんだろう。あの平民出身の後輩騎士がケガを理由に退団した、という形で逃がされたように。

通りを道なりに進み大きな城門を潜《くぐ》ると、目的地に到着した。中央に大きな円形噴水があり、噴水を中心に右回りで馬車や荷馬車が行き交い、物資や人が集まっていて賑やかだ。

大勢の人間、野菜や果物、燻製《くんせい》になった魚や肉、瓶や樽《たる》に詰められた酒とジュース、魔物の皮や牙などの魔物素材、様々な色や素材の布地、大量に扱われる武器と防具。扱いのない品などおそらくない。

「ウォーレン殿！」

辺境伯の暮らす城館と広場を区切る街で一番巨大な正門、その脇にある通用門の前で待ち合わせている人物が待っていた。

「人と荷の乗る馬車で来るように、と伝えたはずだが？」

「西門横にある預かり所に預けてある」

「ならばいい」

赤色の強い茶色の髪、透きとおった翠玉《すい》の瞳を持ち、東部地域を纏《まと》めるカールトン辺境伯の補佐官を務める文官。公式には宰相補佐官の立場にあるその男は……腕に小さな子どもを抱きかかえている。子どもは恐ろしく、補佐官殿に似ていた。

「補佐官殿、突然の呼び出しは勘弁してくれ。こっちにも都合ってもんがあるんだよ」

この補佐官殿から突然手紙が送られてきて、今日この時間に辺境伯領都のこの場所に来ること。アストンからは荷物や人を乗せることができる大きな馬車などで来ることを指定された。問答無用、こちらの都合など一切お構いなしの呼び出しだった。

田舎の街にある平民学校の教師は数が少ない。俺が受け持つ授業代理の都合をつけるのもひと苦労なのだ。

「それは申し訳なかった」

それだというのに、補佐官殿は感情のない言い方でひと言述べるだけで終わらせた。

「全く、次はもっと時間に余裕を持って連絡をくれ。……息子、随分大きくなったな。前に見たときはもっと小さくて、ぐにゃぐにゃしていたのに」

子どもは髪色も瞳の色も補佐官殿と同じで、顔立ちも補佐官殿の時間を巻き戻したらこうなるだろうという顔をしている。これを見て、血縁関係を疑うような奴《やつ》は絶対にいない、百人いたら百人が「父親と子ども」と言うだろう。

「あと数か月もすれば一歳になる。だいぶしっかりしてきただろう」

「……そうだな、気味悪いくらいアンタにそっくりだ」

そう言って子どもの顔を覗《のぞ》き込めば、ニコッと笑ってから恥ずかしいのか補佐官殿の首に顔を埋めてしまった。こんな可愛らしい表情を浮かべるなんて、やはり色味が同じなだけで補佐官殿の子ではないのかもしれない。

「いや、そうでもないか？」

「何を言っている。どこをどう見ても私とリィナの子だろう」

補佐官殿は優しく笑いながら言って子どもの小さな頭を撫《な》でた。柔らかそうな髪が大きな手で混ぜられてサラサラと動き、子どもは舌足らずな可愛らしい声で「あーう」と笑った。

補佐官殿と小さな治療院の一室で顔を合わせたときは、なんて表情の乏しい男だろうと思った。たまに見る笑顔は恐ろしいことを腹の中で考えているときか怒っているときで、寒気を感じるような笑顔だったのに……妻子に向ける笑顔はとても優しい。

冷血だの能面だの鬼畜だの、と言われる補佐官殿がこんな顔をするようになったのも……辺境伯や妹夫婦の治める土地で、夫婦で仲睦《むつ》まじく暮らしたからなのではないかと思う。

「リィナ後輩はどうした？　小さな子を父親に任せっきりか」

「……リィナは今、任務中だ」

端的に言った補佐官殿は眉を顰《ひそ》め、不機嫌そうな顔をする。

「任務だぁ？　あいつはもう騎士ではないんだから……あ、ああ、そうか！」

俺は最近アストン伯爵夫人から聞いた話を思い出した。

「辺境伯様のご嫡男は、黒騎士として活躍していた元女性黒騎士に顔を合わせたときからご執心らしいな。彼女から竜や実践の話を聞き、弓の手ほどきを受けたいと言っているとか」

「笑いごとではない」

「じゃあ今、ご嫡男とリィナ後輩は仲良く懇談中か。なるほど、いやはや、あの後輩らしい。あいつは年下受けがやたら良かったからな、少年の初恋相手にはぴったりだ」

そうからかうと、視線で人が殺せるのなら殺されそうなほど鋭い視線を向けられた。相変わらず、補佐官殿は心が狭い。

「それで、俺を呼び出した理由は？　しかも、日時指定までしてなにをさせたい？」

「…………ああ、丁度到着したな」

補佐官殿が軽く手を挙げれば、円形噴水を中心にぐるりと回って一台の幌《ほろ》付き馬車が停まった。

御者の男は遠距離移動を得意としている貸し馬車会社の制服を着ていて、馬車の幌にも貸し馬車会社の印が入っていた。「お待たせしました」という御者の話す言葉の訛《なま》りから、西部地域からやって来たのだろうと思われる。

「補佐官殿、なにを……」

「父様！」

「お父様！」

馬車の後部から転がるように飛び降りて来た子どもが二人、俺に飛びついてきた。子ども二人に体当たりを受けるような勢いで抱き着かれ、意表を突かれた俺は受け止めきれずそのまま通路に倒れ尻もちをつく。

「お、おまえたち？　……どうして」

飛びついてきたのは、元妻との間に生まれた二人の子どもだ。

辛うじて息子と娘を地面に転がしてしまうようなことはしなかったが、手にしていた杖が転がって馬車の下へと入り込んでしまった。

「やっと会えた、父様……やっと、やっと」

「おとうさまぁ、うわあああああん」

二人は俺のシャツを握り、尻もちをついたままの俺にぴったりとくっ付いて泣き出してしまう。

俺が家族と最後に顔を合わせたのは、懲罰任務に向かう直前だ。ほぼ二年、会っていなかったことになる。まだ育ちざかりである年代の子どもたちは、この二年で随分大きくなっていた。妻と同じ黄色の強い薄茶色の髪、紫がかった青い瞳……息子は俺に、娘は妻に似た顔立ちになっている。

思えば、こんな風に子どもたちの顔をじっくり見たことなどなかった。

俺は討伐任務ばかりで、あまり屋敷には戻らなかったし、戻ったとしても訓練や武具の手入れに夢中で子どもたちのことなど後回しにしていた。

わんわん泣く子どもたちの頭を撫《な》でてやれば、貴族の子息令嬢としては潤いや艶をなくした髪が指の間を流れた。剣だこが小さくなり、代わりにできたペンだこに荒れた髪が少しだけ引っかかる。

着ている服も貴族のものではなく、平民の子どもが着るものだ。

西部地域にある元義父の領地からここまで来る間に、恐らくたくさん苦労をしたのだろう。そこまでして会いに来てくれたことは素直に嬉《うれ》しいと思う。

「それで、おまえたちどうして、どうやってここに？　俺は死んだと言われていただろう？」

「それは、私が連れて来たからです。元々、旦那様が討伐任務中に亡くなったという話は間違いだ、ということも伝えてあります」

ゆっくりとした歩調で近づいて来て、俺を見下ろすように答えたのは……妻であった人だ。その腕にはまだ幼い子どもを抱いている。

「……ほ、補佐官殿！　これはどういうことだ⁉」

「どういうこともない。ウォーレン殿の家族が到着するので、迎えに来るよう手配をしただけだ。今日この時間に家族と彼らの荷物を運べるような荷馬車で来るように、と伝えておいただろう」

確かに、人と荷物を乗せられる馬車で来いとは手紙に書いてあったが、家族が来るなどとは一言も書いていなかった。この男、わざと書かなかったに違いない。

「補佐官殿！」

杖がなくては立ち上がることが難しい、それ以前に子どもたちがくっついていて俺は身動きが取れない。動ける状況にあったのなら、俺は補佐官殿に詰め寄っていただろう。

「それは私が黙っていてほしいとお願いしたからです」

「……クローイ、どうして」

「だって、子どもたちと私がそちらに向かうと聞けば、あなたは絶対に反対したでしょう？　だから補佐官様には、私たちのことは黙っていてくださるようにお願いしました」

妻であった人は一つ三つ編みにした髪をゆらし、装飾品の一つも身に着けず、平民女性がよく着る紺色のワンピース姿で〝どうだ！〟と言わんばかりの顔をした。その顔は堂々として、輝いて見えた。元義父の後ろで俯《うつむ》きながら黙って指示に従っていた彼女と、目の前にいる彼女が同じ人だとは思えないほど生き生きとした表情をしている。

呆然《ぼうぜん》とする俺を後目《しりめ》に、彼女は俺から離れようとしない子どもたちをなだめ、息子に杖を拾って来るように言いつける。娘は不満そうにしながらも俺から離れた、が服の端を握ったまま離そうとはしなかった。

俺は補佐官殿の手を借りて立ち上がると、息子から杖を受け取る。

「……アッシャー伯爵家は、どうした？」

「あの家からは出てきました。アッシャーという貴族の家から籍を抜き、私たちは全員平民になりました」

「除籍したのか⁉」

「はい」

「なんてことを！」

貴族籍を自ら捨てるなんてとんでもない、そう俺は思った。だが、妻であった人はそうではない様子で……首を左右に振った。

「……私は一応父の跡を継ぐ立場ではありましたけど、実際父は私ではなくこの子たちの中から跡取りを選ぶつもりでいたのです。私自身、白魔法使いとしては中級ですから。アッシャー伯爵家当主の条件は上級白魔法使い、ご存じでしょう？」

元妻の家、アッシャー伯爵家は白魔法使い絶対主義の家だ。代々当主は上級白魔法使いであることが求められていたが、クローイが俺という黒騎士の伴侶という名誉を授かったために次期当主となった。彼女自身は中級白魔法使いだというのに。

上級白魔法使いであることが絶対である元義父と一族にとって……俺とクローイは黒騎士とその伴侶に選ばれた白魔法使いという中継ぎにもなれない名誉だけの、魔力量の多い次代を作るための夫婦だったのだ。

「旦那様が討伐任務中に亡くなられた可能性がある、そう連絡が入った次の瞬間、父はなんの迷いもなく〝死亡届を出す〟と言いました。私がアストン領へ旦那様の生死を確認しに行ってくると言っても、駄目だの一点張りで屋敷から出させてもらえませんでした」

元義父のしそうなことだと思った、彼にとっては古代魔法などどうでもよいもの。黒騎士の伴侶となることは白魔法使いの栄誉だから受け入れた、それだけだったのだ。

「私、幼い頃からずっと父のことが嫌いでした。でも、逆らえば余計面倒臭いことになるから言いなりになっていました。けれど、確認もなにもせずに旦那様の死亡届を出すというそのひと言で、心の底から父が大嫌いになりました。顔も見たくないし、声も聴きたくない、近くにいたくない。ですから、行動を起こしたのです」

「行動……キミが？」

「ええ。二人の嫁がれたお姉様たちのお子のうち、あちらの嫡子ではない子で上級白魔法使いになれる能力のある子を二人、父の養子に迎えました。父からすれば、当主になる者はアッシャーの血を引く上級白魔法使いなら誰でもいいのです。お姉様の子なら、問題ありませんでしょう？　お姉様たちも自分の子が実家を継げると聞いて、こころよく甥《おい》を差し出してきました」

元妻は腕に抱いた子の尻をポンポンと叩《たた》き、抱きかかえ直す。

「私から甥に嫡子を交代する手続きと、私と子どもたちの除籍手続き。二人の甥に付ける家庭教師を手配して、勉強の進み具合をある程度見守って無事どちらかが次のアッシャー伯爵になれる、そう確信できるまでに時間がかかってこんなに遅くなってしまいました。本当はすぐ、皆であなたの元へ駆けつけたかったのに……ごめんなさい」

「あ……いや……」

正直に言えば驚いてしまって、上手く理解ができていない。

ただ、俺自身の家族とは死亡届を出すように頼んだ時に切れてしまったのだと、家族もそれを受け入れて伯爵家での生活を続けているのだろうと思っていたから……この状況に驚き、混乱している。

「あの……、まだ私たちは間に合いますか？　あなたの家族として間に合ったのでしょうか」

「え？」

質問の意味もまた分からずにいると、補佐官殿は胸ポケットから一枚の紙を取り出して差し出して来た。三つに折り畳まれたそれを開けば、婚姻届出書と大きく書かれている。

「はぁ？」

「はぁ？　ではない。平民同士の結婚は簡単だ、その書類に署名をして役所の戸籍課に提出するだけで完了する。ウォーレン殿はアストン領民として戸籍を作ったのだから、アストンの役場に提出すればいい」

そう言って補佐官殿は長距離馬車の御者に、西門の横にある預かり所に行って積み荷を乗せ換えるようにと指示を出した。

「どうして、結婚を……」

「黒騎士ウォーレン・アッシャー卿《きょう》は殉職し、クローイ夫人は夫を亡くして三人の子どもを抱えた寡婦となった。そして彼女は甥に後継者を譲った後で貴族籍を抜けて平民になり、同時に彼女の子どもたちも平民となった。だが現実にあなたは生きていて、子どもたちは皆あなたとクローイ夫人の子だ。再びあなた方が結婚することになにか問題が?」

「問題というか……」

「あなたが父親として家族を守らないでどうするんだ? そして、そこにいる女性はあなたの妻だろうに」

「しかし、俺と一緒になったら平民で……」

補佐官殿が言うように、三人の子どもは俺の子だ。だが、俺とクローイが再び結婚などすれば平民だ。もう貴族としての生活をさせてはやれない。

しかし、補佐官殿は俺の想いを鼻で笑い飛ばした。

「結婚するしない以前に、彼女と子どもたちはすでに平民だ」

「うっ。し、しかし、俺は一部屋しかない集合住宅に暮らす平民学校教師で……」

「くだらないことを言っていないで、さっさと皆でアストン領都に帰れ。義弟に家族で暮らす住まいと細君の職場、子どもたちの学校について助けてくれるように頼んである」

クローイに視線を向ければ、彼女は笑って首を縦に振った。

「……補佐官殿」

「離れて暮らしていた間の分、家族を大事にすることだ。家族が何を望み求めているのか、それを間違えてはいけないし、自分の想いを一方的に押し付けてはいけない。私が言えた義理ではないが、言葉にしなければなにも伝わらない。……私のような失敗をするな」

クローイが抱いている初対面になる末の子が「おとちゃま?」と言って小さな手を俺の方へ伸ばした。木の葉のように小さな手を取り、俺はその子をクローイから受け取る。

討伐任務に向かうため家族から離れたとき、妻の腹の中で育っていた子だ。腕に抱いた末の子は温かくて柔らかくて、愛《いと》おしい。

「さあ、皆馬車に乗れ。西門を出て、出発だ」

補佐官殿の言葉と御者にも「さあ、参りましょうか」と促され、俺たちは長距離馬車に乗り込もうとした、そのとき小走りに駆け寄ってくる者がいた。

「ま、間に合った!」

振り返れば、辺境伯の暮らす城の通用門から小走りでやって来る女の姿が見える。緑色のデイドレスに、クリーム色のストールを巻いたリィナ後輩だ。

騎士時代はどこか薄ぼんやりして、華やかさや女性らしさのない女騎士だったというのに、今はちゃんと貴族の夫人らしく見える。

黒騎士を引退する理由は右の手足に大ケガを負ったからで、杖なしには歩くこともできなくなったと聞いていた。

アストン領の治療院で再会したときには、多少足を引くようにはしていたものの杖なしで歩けるほどになっていて……そして今、杖なしで歩いてわずかな距離ではあったが走れるまでに回復している。補佐官殿の白魔法使いとしての腕前か、魔力相性かは分からないが凄《すご》いことだ。

「リィナ後輩」

「ウォーレン先輩、ご家族とまた一緒に暮らせるようになって良かったです」

「……おまえの夫のおかげ、と言っておく」

「それは良かったです。どうか、ご家族と共に末永く幸せに過ごしてください」

「おまえも、幸せにな」

俺は末の子を妻に返し、片手で娘の手を引いて息子に纏《まと》わりつかれながら馬車に乗り込んだ。左右にぴったりと子どもたちが引っ付いてきて離れようとしない。

馬車がゴトゴトと動き出し、幌に作られたのぞき窓から補佐官殿とリィナ後輩が見送ってくれているのが見えた。子どもたちが手を振るリィナ後輩に大きく手を振り返す。

ここにもそこにも、笑顔があることに俺は気が付いた。

息子も娘も、妻も妻の膝上に座る末の子も、見送ってくれる宰相補佐官殿もリィナ後輩も彼らの幼い子も。更に荷馬車から積み荷を降ろしている男も、辻馬車《つじばしゃ》に乗り込もうとしている父親と娘も、店でサンドイッチと飲み物を手渡している店員も、それを受け取っている女騎士も……皆笑顔だ。

「お父様、どうかしたの？」

「いや……」

俺と同じ癖のない真っすぐな髪を撫でてやれば、娘は笑う。

「またおまえたちに会えて、一緒にいられることが……嬉しいだけだ」

「わたしも！」

「僕も嬉しいです」

「もー！」

子どもたちから可愛い返事を貰い、俺は自然に笑っていた。嬉しいし、笑っているはずなのに目の前に座っている妻の顔が歪《ゆが》んで揺れて見える。

辺境伯の領地に来いと手紙を貰いここに来るまでは面倒臭くて、補佐官殿から何を言いつけられるんだろうかと不満しかなかった。だが……今、俺は心の底から喜び、笑えている。

王都でもない、元義父が治める領地でもない、全く関係のなかった東部辺境の地のガタガタと揺れる馬車の中で家族と再会できたことを、俺は生涯忘れないだろう。あの底意地の悪い補佐官殿とお人よしな後輩のことも含めて。

メルト王国騎士団所属の黒騎士ウォーレン・アッシャーとして生きていた時間より、この地で平民学校の教師ウォーレンとして生きた時間の方が長くなって俺の人生が終わる頃、あの二人に感謝する……かもしれない。

＊　■　＊

「ヨシュア、ウォーレン先輩とご家族のこと、ありがとうございました」

「あの一家のことに関しては、ほとんどが細君の考えと希望だ。私は少しばかりの根回しと手助けをしただけで、礼を言われるほどのことはしていない。だが、キミから感謝されるのは嬉しい」

ウォーレン先輩たち一家を乗せた馬車が領都西側の出入り口に向かって走って行くのを見送り、満足そうに頷《うなず》いたヨシュアは私を抱き寄せる。私たちに挟まれた小さな我が子が「ああーう」と声を上げる。

「ほら、この子もヨシュアの根回しと手助けを褒めてくれていますよ!」

「……そうか、ありがとう。父は嬉しい」

ヨシュアは息子のつむじにキスをする。息子は小さな手足をパタパタと動かし、きゃあきゃあと機嫌よく笑った。

「それで、アレクシスお坊ちゃまの話し相手は終わったのだな?」

「お坊ちゃまなんて、そんな言い方」

「構わないだろう、人の妻に恋慕するような子どもだ」

「恋慕ではありませんってば、黒騎士に対する憧れです」

何度もそう説明しているのに、ヨシュアはいつも信じてくれない。

素っ気なく「どうだかな」と返して年齢が二桁になったばかりの少年に辛《つら》く当たる。どうしてこうアレクシス様に大人げない態度を取るのか、未だ理解ができない。

「アレクシス様にも随分と引き留められてしまいましたけれど……もう本来の時期を二か月も過ぎていますし、宰相閣下からの辞令もありますからこれ以上の延長滞在は無理なのだと納得していただきました」

期の改まる九の月、そこを区切りにしてヨシュアは一期二年の出向期間を終えて王都へ戻る予定だった。けれど辺境伯様とご子息アレクシス様の強い希望があって、宰相閣下の許可を得て滞在延長をして二か月ほどが経《た》つ。

このまま滞在延長がずるずると続くのか、もしかするともう一期二年の延長になるのかと思っていた矢先、「王都へ帰還せよ」と宰相閣下から正式な辞令が下ったのだ。

「そうだな。東部地域での暮らしや政治、この地域特有の文化やそれに伴う問題、中央にはない物をたくさん学ぶことができた。それにライベリー村の疫病問題も、森で見つかった竜と人の問題も、二十三年前に起きたアストン領での問題も解決し復興は順調だ。ついでにじゃじゃ馬娘はロンディル村跡地復興作業員として皆に受け入れられて、毎日元気に作業に取り組んでいる。職も身分も家族も全てをなくした元黒騎士は平民学校の教師となり、今は家族と共に新たな生活を始めようとしている。問題は全て解決できただろう」

「大手を振って宰相閣下の所へ戻れますね」

そう相槌《あいづち》を打つと、少し困ったような顔をしたヨシュアから小さな手足をばたつかせる息子を受け取った。

「呼び戻される理由が、単純に辺境伯家から何度も滞在延長を申請されて痺《しび》れを切らしたのならば良い。何かしらの問題が起きていて、その始末をさせるためなのだとしたら……」

「問題が起きているのだとしたら、どうします？」

「……王宮文官を辞めて、カールトン辺境伯の元へ就職してここで暮らす。もし、私がそうしたいと言ったらキミはどうする？」

「どうもしません、私は一緒にいるだけです。あなたが王都に戻るのなら一緒に戻りますし、辺境伯様の元で暮らすというのなら一緒にここで暮らします。それだけです」

私の中で決まっていることを話せば、ヨシュアは優しく笑って首を縦に振った。

「どこに行くことになっても、一緒にいますよ」

「そうだな。キミがずっと隣にいて私の行く所へどこであってもついて来てくれる、そう言ってくれると信じていたよ」

ヨシュアのキスが頬に落ちる。

チュッというリップ音と共に、「寒くなってくる季節なのに、妙に暑いなぁ」や「いやー、熱々で甘いねぇ～」と言った私たちを茶化す声と冷やかしの口笛が広場中に響いて……私は恥ずかしくていたたまれなくなった。

逃げ出すように顔をヨシュアの胸に顔を埋めれば、ますます周囲の声が大きくなって意識を失いそうだ。

「さて、リィナ、私たちも帰ろうか。私たちの帰るべき場所に」

「……はい」

「そういえば、王都へ帰る途中でグランウェル侯爵領都へ立ち寄るよう叔父に言われているんだが……そちらへ寄り道をしてもいいか？」

「はい、勿論《もちろん》です」

「随分と顔を見せていないから、叔父やクリスから何を言われるか分からないな。憂鬱《ゆううつ》だが仕方がない、侯爵領経由で帰るルートを取ろう」

「あーい！」

小さな息子の元気で可愛い返事を貰って、私たちは歩き出す。夫婦として家族としてやり直しを始めて、絆《きずな》を深めたこの東部地域から。

ある時は手を引き、ある時は背中を押し、ある時は共に立ち止まり、一歩一歩この先も共に歩んでいく……これから先ずっと、ずっと。


一年を通して温暖な地域であるメルト王国東部地域、その晩秋の空は抜けるように高い。

越冬のために毎年やって来る渡り鳥が東部辺境伯領都上空を越えて、その鳴き声が街に響いた。

渡り鳥特有の鳴き声を聞いた東部地域に暮らす人々は知るのだ、この穏やかな地にもうじき静かな冬がやって来るのだと。

宰相補佐と黒騎士の軌跡とその先

メルト王国歴808年、この年国ができてから初めて王家の血を引く王子が黒騎士団長を経てメルト王国騎士団総団長へと就任した。

メルト王国第三王子にして、総騎士団長イーノック・メルト・サザーランドは黒騎士として突出した戦闘力を持ったわけではなく、強大で緻密な古代魔法を展開できるわけでもなかった。しかし戦略性に優れ、地形を理解し黒騎士と青騎士を上手く差配し、兄王子の開発した魔道武具を誰よりも上手く使いこなして最小の労力で最大の戦果をあげたのだ。

魔道具や魔道武器の発達、黒騎士の増加、地形を利用した効果的な戦略によって魔物と竜の被害は大幅に減り、騎士の死傷率も劇的に減った。それが大きく評価された形だ。

同時に騎士団内部の改革を推し進め、古代魔法の才能を持って生まれる子供たちが年間に百人以上確認されるようになったことから、体の弱い者や家の事情など、黒騎士という職業に就くことが難しいと判断された者に対しては、騎士職に就くことが免除されるようにもなった。

誰でも自由に自分の希望する職業を選択できるようになったらいい、とはイーノック総騎士団長の口癖で、彼が歴史学者になりたかったというのも有名な話だ。

現在王国歴822年、第三王子殿下が総騎士団長になって十四年の月日が流れた。国王陛下や側近の王宮文官、騎士団の協力もあって……彼の口癖である自由に職業を選択できる時代は実際にやって来ている。

夢や理想を語ることは簡単だけれど、それを実行したところが凄《すご》いと私は思う。

「エリナ、エリナ・アストン！」

歴史の教師であり、クラス担任でもあるアボット先生に名前を呼ばれ、私は読んでいた近代騎士団史の教科書を閉じて立ち上がった。

一日の授業が全て終わり、放課後になった教室に残っている生徒はまばらだ。先生に提出物を渡していたクラスメートたちが散り、私は「はい」と返事をして教卓に向かう。

「おまえ、まだ進路希望調査書を出してないだろう？　正確には提出期限日まであと一日あるが、このクラスで出してないの、おまえだけだぞ」

アボット先生はみんなから集めた書類をまとめると、教卓の天板でトントンと整えた。進路希望の書かれた書類にはクラスメートたちの名前が見える。

「すみません」

「謝ることはないぞ、だがなにか悩んでいるのか？」

「……まだ、ちょっと考えたくて」

「そうか。あまりひとりで考え込むなよ？　家族とよく相談するといいし、先生も相談にのるから。進路の選択は大事だからな。先に言っておいてくれたら、提出日を伸ばすこともできるから」

「はい」

私の肩を軽く叩《たた》いて、アボット先生は教室を出ていく。教室を出た瞬間に「アボットせんせー！」と生徒たちに囲まれながら移動していく、そんな彼らの背中を見送ってから私は自分の席に戻った。

予備学校、と言われるこの学校に通うのは二年間。私は二年生で、来年の進路を決めなくちゃいけない時期に入っている。

進路の選択と先生は言っているけれど、選択肢は限られている。十歳から二年間通う予備学校を卒業した先は、騎士学校、魔法学校、王立学校か都立学校の四つの学校のどこかに進学することが決まっていて、どの学校に行くのかを選ぶ（王立か都立に行った子はその中でさらに選択肢があるけど）だけの進路選択。

鞄《かばん》の中に教科書をしまい、教室を出た。そのまま廊下を歩いていくと、訓練場で剣や槍《やり》の基礎訓練の補習をしている子たちや、魔法の自主訓練をしている人たちの姿が見えた。

私は剣や魔法の訓練場が見渡せるベンチに座る。放課後特有の空気の中オレンジ色に変わりつつある空の下で、補習やら自主的な訓練で木剣を振るったり魔力制御を繰り返したりしている姿を見ていると、自然にため息が零《こぼ》れた。

私の生まれたアストン伯爵家は、果物や野菜、花の栽培と収穫した物の加工品が特産だ。広大な果樹園や畑は風光明媚《めいび》で美しいけれど、とにかく田舎で田舎貴族とか農民貴族と言われている。

曾祖父様《ひいおじい》の代で大きな疫病があって、領民が大勢亡くなって果樹園もだめになった。その影響でパトリックお祖父様《じい》とマーゴットお祖母様《ばあ》の代では貴族としての体裁を整えるのがギリギリくらいに貧乏だった、と聞くけれど私には想像がつかない。

今のアストン領は王国最大級の果樹園を持っていて、果物や果樹加工品といえばアストン領と言われている。都会らしさはないけれど、国民の食卓を支える豊かな土地柄なのだ。

けれどそんな東部辺境の農民貴族として生まれた私は、五歳のときに古代魔法の才能があることが判定で分かってからは、周りから「黒騎士になる」ことが当然だと思われている。

もちろん、進学先は騎士学校の一択。本来なら、悩む必要なんてない。

私は来年、騎士学校に入学して黒騎士見習いになって、魔力相性の良い白魔法使いの男性と結婚して、黒騎士として魔物や竜を討伐して回って……成人後に結婚して子どもを産んで育てる。それが、周囲から望まれている私の生き方だ。

「はぁー」

「大きなため息だね。その理由を聞いても？」

ベンチに自分の荷物を置き、声の主は私の真正面に立った。予備学校の制服である白いシャツに赤いネクタイが目の前に広がって、訓練に励む後輩たちの姿が見えなくなる。

「私の将来は、どこに向かってるのかなって思って」

「そんなもの、自分で決めた方向に決まってるじゃないか」

「ザックは魔法学校で進路を出したの？」

私の目の前に立つのは、アイザック・リーウェル。赤茶の髪に緑の瞳を持った子爵家の三男で、彼のお祖父様と私のお祖母様が兄妹という縁戚関係。同じ年の親戚ということで、幼い頃からなにかにつけて顔を合わせていて気安く話せる相手だ。

「いいや、僕は王立学校で出した」

「え？　白魔法使いになるんじゃないの？　ヨシュアお祖父様みたいな白魔法使いになりたいって、言ってたじゃない」

「白魔法の勉強はするよ、でもそれは王立学校でもできるからね。魔法学校に行ったら、魔法使い、魔法研究員、魔道具師くらいにしかなれないじゃないか。僕はもっと将来に幅を持たせたいんだ、ヨシュアお祖父様や父様、叔母《おば》様みたいな王宮文官にも興味あるんだよ」

リーウェル子爵家はグランウェル侯爵家の分家でまだ二代目と歴史の浅い家柄ながら、家のほとんどが国を支える職業についている家だ。

ザックのお父様は外交担当の王宮文官として国の内外を飛び回っているし、叔父《おじ》様はイーノック総騎士団長と一緒に黒騎士団長をされているし、叔母様は宰相補佐で王国初めての女性宰相候補となっているし、お祖父様は先代の宰相閣下。ザックのお兄様方も文官や騎士として有名で、恐ろしいほど能力に溢《あふ》れた一族だ。

ザックは三男で、家を継ぐことはできないから自立の道を子どもの頃から探していた。今も道を選択しながら、探しているんだと思う。

「エリナは騎士学校？」

「まだ、出してない」

そう答えると、ザックは緑の瞳を大きく見開いた。

「理由は？」

ザックの中でも私が騎士学校に行くことは決定事項だったらしい。やっぱり、と思った。やっぱり私に望まれていることは決まってる、他に望まれていることはない。

アストン家は領地の運営を愚直にやってきた家で、騎士や魔法使いの輩出はほとんどない。だから、三つ下の弟にも古代魔法の才能があると分かっていて姉弟二人そろっての黒騎士誕生だと、名誉なことだと親族が喜んでいたのを思い出した。

「……ちょっと迷っただけ。明日出すよ」

「騎士学校じゃなくてもいい、と思うけどね、僕は」

「ううん、騎士学校に行くってみんな思ってるもん。みんな私に黒騎士になってほしいんだよ」

「それは、エリナの気持ちじゃないよね？」

いつもより少し低い声、細めた目。ザックの機嫌が悪くなっている？　なんで？

「でも……」

「自分の将来だろ？　どうして自分で決めないの。悩んでるなら、他の人の意見や考えを参考にするのはいいと思うよ。でもあくまで参考。決めるのは自分の気持ちや考えで、だよ。親や親戚の将来じゃないんだから」

ザックの言うことは分かる。自分の将来を自分で決めないでどうするんだってこと。でも、家族も親戚もみんながみんな「黒騎士になるんだ」って決めている中で、「騎士にはなりません」とかとても言い出せない。

「エリナ、キミ、戦うの怖いし嫌いなんでしょ」

「な、な、なな、なんでっ……」

「見てれば分かるよ」

そう言ってザックは私の隣に座った。

「剣も弓も魔法も、平均的にやって終わりにしてる。頑張ってるのは読み書きとか歴史とか計算とか、薬草学とかそういった座学系だったから……なんとなく、戦うの好きじゃないんだなって」

「……そっか」

「多分、伯爵と夫人は気が付いてると思うけどね」

「え?」

「伯爵が言ったの?　エリナとマシュー、ふたりとも黒騎士になれって」

つい最近、弟のマシューが誕生日を迎えて親戚が集まってお祝いをした。そのとき、親戚の人たちが騒いでいたのだ……姉弟そろって黒騎士になることは名誉なことだ、喜ばしいと。そのとき、父と母はどんな顔をしてなんと言っていただろうか?　思い出せない。

「わかんない」

「………確かにさ、エリナもマシューも古代魔法が使える。でも、だからって絶対黒騎士にならなきゃいけないって時代じゃなくなったんだよ?　問答無用で黒騎士にさせられたのは、ずっと昔の話、僕たちのお祖父様とお祖母様の時代よりも昔のことだ」

今から五十年以上前は古代魔法が使える人が生まれる確率は物凄く低くて、古代魔法が使える人は身分も性別も関係なく黒騎士になって竜と戦ったんだってアボット先生も言っていた。

事実、ザックの祖母にあたるリィナお祖母様は平民出身で女性だけれど黒騎士として竜や魔獣と戦っていて、お家には今でも黒騎士の制服や大弓などの装備品が残されている。

でも、今は古代魔法が使える才能を持った人がたくさん生まれるようになって、魔道具もたくさん開発されたから、才能のある人は騎士学校に通うように推奨されてはいるけどそれも絶対じゃない。黒騎士にならなくても誰にもなにも言われない、今はそんな時代だ。

「だから、エリナが行きたい学校に行って、好きな職業に就けばいいんだ。騎士が嫌なら、王立学校に行って領地経営を勉強して家を継いでもいいし、王宮文官になってもいい」

魔法薬師、魔道具師になるなら魔法学校の方がいいとか、家の跡取りになるか王宮文官、王宮侍女になるなら王立学校の方がいいとか、ザックは話を続ける。さすが、自分の生きる道を探し続けた人の言葉はやたら具体的だ。

「……聞き方を変えるよ。エリナはなにかやりたいこと、ないの?」

将来は自分で決めろ、と具体的な職業を出しながら話していたザックは私の反応が薄いことに気づいたのか、もっと根本的なことを聞いてきた。

「やりたいこと……」

戦うことは嫌だ。痛いし、苦しいし、魔物とは言っても傷つけて命を奪うことはしたくない。

魔物や竜が人や家畜を襲ったり、作物を荒らしたりして受ける被害の大きさは地方に住んでいるからよく分かってる。

魔物は魔物の住み処《か》から出て人の住み処に近づいて来た時点で、討伐対象になる。そこで討伐しなかったら、村の誰かが襲われて命を落とすかもしれないし、大事な作物が台無しになって生活に困ることに繋《つな》がる。

それでも、私は戦うことが怖い。

「私は……領地で穏やかに暮らしたい。田舎だけど、綺麗《きれい》で穏やかでいい所だから好きなの。果樹の世話をして、ジャムとかジュースを作ったりしたい、かな」

伯爵とは言ってもアストン領では領主と領民の距離が近くて、私は果樹農園でよく手伝いをしていた。雑草を抜いたり、花に受粉をさせたり、果実の収穫をしたり、果実の皮を剝《む》いたり。他人の目から見たら雑務だろうけど、私はそれが苦痛じゃないし、好きだ。

「だったら、そうやって生きるためにどうしたらいいのか、分かってくるじゃないか」

「えっ……と」

「王立学校に行って、領地経営を学ぶ。農業に関することも、加工品についても勉強しておいた方がいいかもしれないな」

「え、あ……うん、そうだね」

「そんなに気になるなら、魔道通信で伯爵に確認してみたらいい。騎士学校じゃなくて、王立学校に行ってもいいかって」

「でも、だめって言われたら、どうするの?」

そう言うと、ザックは笑った。少し意地の悪そうな顔で。

「もしだめって言われたら、この先学生でいる間の昼食は全部僕が奢《おご》るよ。予備学校での残り半年と、進学した先の学校を卒業するまでずっと」

「えええ⁉」

予備学校の昼食は食堂で提供されて、どの献立でも一律五百イェン。一週間に五日授業があって、二千五百イェン、四週間で一万イェン！　半年で六万イェン‼　大金だっ！

「それだけ自信があるってこと。じゃあ、寮の魔道通信室に行こうか」

ザックは自分の鞄と一緒に私の鞄も持ち上げ、私の手を摑《つか》んで歩き出した。ぐいぐいと私を引っ張って寮に向かう。

水晶型の魔道通信具が並ぶ部屋は寮の一階に用意してあって、寮監さんの許可を取らないと使えない。

「ザック！　待ってよ、そんな急にっ」

「待たない。…………一緒に王立学校に行こう」

私を引っ張るザックの背中を見つめながら、その力強さに何度も助けられているなと実感する。悩む私を何度もザックは助けてくれる。立ち止まる私の背中を押して、手を引いてくれる。

この私の胸にある淡い気持ちがどうなるのか、分からない。けれど、この気持ちが叶《かな》うにしろ叶わないにしろ、今日のことはずっと忘れないでいようと思う。

私たちは寮に帰るや否や、魔道通信室の使用許可を寮監に提出した。

＊◆＊

「一応、進学するには試験がある。だがここでしっかり勉強していれば、問題なく進学できるはずだけれど、それぞれに出題される傾向が違う。だから夏季休暇明けから、進路別の授業が始まることを承知しておくように。特に騎士学校と魔法学校希望の者は座学の試験だけじゃなく、実技もあるからそちらも手を抜かないようにな！　それから……」

先生の声が教室に響いて、それを追いかけるようにセミの声が響く。抜けるように青い空に真っ白くて大きな雲が浮かんでいる、訓練場を囲むように植えられた樹木は濃い緑色の葉をいっぱいに茂らせていて、強い日差しを受けて真っ黒い木陰を作り出していた。

「予備学校最後の半年間と夏季休暇をどう過ごすか、ここが進学先での全てを左右すると言ってもいいくらいだ。しっかり将来を見据えて行動するように」

熱気を含んだ風が教室に入り込んで、私のくすんだ赤みの強い金髪を揺らした。

昨日までの私は何かにとらわれていたような気がする。古代魔法を使う才能を持って生まれた、それにとらわれて〝黒騎士にならなくてはならない〟んだと。私だけじゃない、周囲の人たちもそれが当然と思っている人も結構な数でいるだろうと思う。

でも、今の私はそこから解き放たれている。

父に話してみれば、「エリナの好きにしたらいい。マシューは将来騎士になりたいらしいから、おまえが領地を継いでくれるならとても嬉《うれ》しい」と笑顔で言われ、母にも喜ばれた。そもそも、母は女である私を騎士にするつもりはなかったらしい「女性騎士が珍しい世の中ではなくなったけれど、あなたは荒事を苦手にしているから無理だと思っていたわ」とはっきり言われた。

あんなに悩んでいたのに、馬鹿みたい。

ザックに「うじうじ悩んでないで、さっさと聞いておけばよかったんだ」と小馬鹿にされて悔しかったけれど、否定できない。

「以上、朝礼は終わりだ。夏季休暇前だからって、みんな浮かれ過ぎるなよ⁉　あ、エリナ、書類は書けたか？」

「あっ、はい」

私は昨日のうちに書いておいた進路希望調査書をアボット先生に提出する。

「よし、これで全員分集まったよ。……なんだか昨日と違ってすっきりした顔をしてるぞ、エリナ。その様子ならなんの問題もなさそうだな」

「はい」

アボット先生は昨日と同じく、私の肩を優しく叩いて教室を出て行き「アボットせんっせーい」と生徒に呼び止められていた。

提出した書類には「王立学校への進学希望」と書いてある。

お祖父様たちの時代なら、私の将来は黒騎士一択。魔力相性の良い白魔法使いをあてがわれて、魔獣や竜の討伐に討伐を重ねて、子どもを産んで育てて……そんな人生だったと思う。

でも時間が流れて世の中の仕組みが変わって、私は将来を選べるようになった。そうなるように、長い時間をかけて改革を実際に進めてくれたお祖父様たちに感謝する。

「エリナ、一限目の基礎薬草学は実験教室だってさ。行こう」

「あ、うん、待って」

自分の生き方を、自分の生きる術を自分で選び取れる社会を作ってくれて、ありがとう。

自分ひとりで決められたわけじゃないけれど、私は騎士ではない人生を選ぶ一歩を踏み出せた。

東部辺境にある領地で野菜や果物を育てて、穏やかに暮らせる人生を一緒に……って私、今誰を想像した⁉　一緒に穏やかに暮らしたいって相手に、誰を……！

「エリナ？　どうかした？」

「……う、ううん、なんでもないよ。待ってザック！」

ザックの声に我に返った私は教科書とノート、文房具を持って教室を飛び出す。


朝から抜けるように青い夏空の下、夏季休暇前でどこか浮ついた雰囲気の校舎中に熱気を含んだ風が吹き込んで、訓練場にはセミの大合唱が響いていた。

あとがき

この度は「宰相補佐《さいしょうほさ》と黒騎士《くろきし》の契約結婚《けいやくけっこん》と離婚《りこん》とその後《ご》　～辺境《へんきょう》の地《ち》で二人《ふたり》は夫婦《ふうふ》をやり直《なお》す～」二巻をお手に取っていただき、誠にありがとうございます。

本作はＷＥＢ小説サイト様に投稿していたものを書籍化していただいた作品の続編となります。続きを書かせていただいたこと、形にしていただいたこと、とても嬉《うれ》しく思っております。

一巻から物語の舞台は東部辺境の地へと移りました。

物語を書き出した当初から、ヒロインであるリィナの生まれ故郷である東部辺境地域での物語はふんわりと考えていたものでありました。実の所一巻の本文を書いていたときにざっくりと書いて、ページ数の問題で大きく削除したという経緯もあったりします。

今作の中で当初考えていた物語にプラスして、ヨシュアとリィナの夫婦と彼らの周囲にいる人たちとの物語を書くことが出来て、個人的にとても満足でした。

登場人物たちの生活も変化していて、それぞれの関係が改善されたり疎遠になってしまったりと、生活の変化と共に考え方にも変化が出て来ております。

時間の経過と共に少しずつ成長し、変化し続けている彼らの物語を楽しんで頂けたのなら嬉しく思います。

本作の書籍化に関して、ご尽力下さいました皆様に感謝申し上げます。

ご担当様や編集部の皆様には前回と同じか、それ以上にお手間と心配をかけてしまいました。お手数をおかけしてしまい、申し訳なく思いながらも、それ以上に感謝しています。

そして、赤酢《あかず》キヱシ先生には引き続きとても美麗で素敵なイラストを描いていただきました。生き生きとした登場人物たちの姿を見る度に感激し、パソコン画面にイラストを並べて眺めてはニヤニヤしておりました……端から見たらおかしな人ですが、私は大変幸せでありました。本当にありがとうございます。

最後になりましたが、ウェブ版からずっとお付き合い下さった皆様、書籍一巻からお付き合い下さった皆様、本書からお付き合い下さいました皆様、全ての皆様に心からの感謝を。

この物語の世界を少しでも楽しんでいただけたのなら、気に入っていただけたシーンがひとつでもありましたのなら、読書という時間を楽しんでいただけたのなら、それ以上の幸せはありません。

本当にありがとうございました。

またどこかでお会いできることを願って。

高杉《たかすぎ》なつる　拝

DRE NOVELS

宰相補佐と黒騎士の契約結婚と離婚とその後 2
～辺境の地で二人は夫婦をやり直す～

2023 年 12 月 10 日　初版第一刷発行

著者　高杉なつる
発行者　宮崎誠司
発行所　株式会社ドリコム
〒 141-6019　東京都品川区大崎 2-1-1
TEL　050-3101-9968
発売元　株式会社星雲社（共同出版社・流通責任出版社）
〒 112-0005　東京都文京区水道 1-3-30
TEL　03-3868-3275
担当編集　藤原大樹
装丁　木村デザイン・ラボ
印刷所　図書印刷株式会社

ISBN978-4-434-33016-2

ファンレター、作品のご感想をお待ちしております。
右の二次元コードから専用フォームにアクセスし、作品と宛先を入力の上、コメントをお寄せ下さい。
※アクセスの際に発生する通信費等はご負担ください。